无障碍阅读 精美插图 名师点评

【中国青少年必读名著】

克雷洛夫寓言

[俄]克雷洛夫◎著 焦庆锋◎编

彩色美绘版

中国青少年必读名著

黄河出版传媒集团
宁夏人民出版社

图书在版编目 (CIP) 数据

克雷洛夫寓言 / (俄罗斯) 克雷洛夫著 ; 焦庆锋编 . —
银川 : 宁夏人民出版社，2015.10
（中国青少年必读名著）
ISBN 978-7-227-06129-8

Ⅰ . ①克… Ⅱ . ①克… ②焦… Ⅲ . ①寓言—作品集—
俄罗斯—近代 Ⅳ . ① I512.74

中国版本图书馆 CIP 数据核字 (2015) 第 256684 号

中国青少年必读名著
克雷洛夫寓言　[俄罗斯] 克雷洛夫　著　焦庆锋　编

责任编辑　贺飞雁
封面设计　焦庆锋
责任印制　肖　艳

黄河出版传媒集团
宁夏人民出版社　出版发行

地　　址　银川市北京东路 139 号出版大厦（750001）
网　　址　http://www. yrpubm.com
网上书店　http://www.hh-book.com
电子信箱　renminshe@yrpubm.com
邮购电话　0951-5052104
经　　销　全国新华书店
印刷装订　三河市恒彩印务有限公司
印刷委托书号　（宁）0002432

开　　本　640mm × 920mm　1/16
印　　张　12
字　　数　120 千字
印　　数　6000 册
版　　次　2015 年 11 月第 1 版
印　　次　2015 年 11 月第 1 次印刷
书　　号　ISBN 978-7-227-06129-8/I · 1555

定　　价　19.80 元

前言

世界名著是人类文化艺术发展道路上的丰碑，它以生生不息的思想力量、经久不衰的语言魅力深深打动着一代又一代的读者。对于青少年而言，大量阅读文学名著，是行之有效的阅读行为。文学名著凭借超拔的构思、动人的故事、隽永的语言，实现了文学大家对自然与人类社会不凡的理解和想象。沉浸其中，会让你成为一个对事物有通达理解的人，一个个性健康、感情充沛、志趣高尚的人。总而言之，读名著对你的智商与情商的提高都有莫大的好处。

为了系统地向广大青少年传递世界名著精华，我们精心组织编写了这套《中国青少年必读名著》。我们从浩瀚的知识海洋中，撷取精华，汇聚经典，将最受世界青少年青睐的作品奉献给大家。该系列丛书会给读者朋友们打开一扇心灵的窗户，让读者朋友们在知识的天地里遨游和畅想，为青少年朋友们搭建一架智慧的天梯，让我们在知识时空中探幽寻秘。本套丛书内容健康、有益，紧扣中学生语文课标，集经典性、知识性、实用性、趣味性于一体。我们精选的这些名著都是经历了历史与时间的检验，是公认为最具有杰出思想内涵或文学艺术品位的名著，是一份让广大青少年朋友品味人类知识精华的大餐。

由于编纂时间仓促，加之编者水平有限，编写过程中难免出现纰漏，还望广大读者批评指正。

阅读导航

名家导读

名家导读就像浩瀚海洋中的灯塔，引导你正确地思考，在阅读引领的指引下开始每章的旅程。

延伸思考

伴随着故事情节的发展，针对一些关键性的情节展开疑问，加深读者对作品的印象。

不自量力的乌鸦

名家导读

做事前先要考虑自己的能力，不要自不量力，反丢了性命。小乌鸦就是一只骄傲的乌鸦。

一只雄鹰从天而降，袭击羊群，抓走了一只羔羊。

近旁有只乌鸦全看在了眼里，这场面引得他跃跃欲试。不过乌鸦这么思量：既然要抓，就要抓大的，否则不值得把爪子弄脏。看起来有时鹰也不是很厉害，难道羊群里全是小羊吗？要是我，就直扑下去，抓一只真正的肥羊！

延伸思考

【语言描写】一只好高骛远的小乌鸦，做事情不切合实际，只想得到更多更好的，可自己有那个能力吗？

于是乌鸦飞临羊群上空，用贪婪的目光扫视羊群，在无数的小羊、母羊和公羊中观察、比较，终于选中了一头公羊，一头只有壮实的狼才对付得了的最肥、最大的公羊。

乌鸦摆好架势俯冲下去，使出全部力气死死抓住公羊的长毛。此时乌鸦才明白，这头公羊他实在对付不了。更糟糕的是，公羊的毛乱蓬蓬、密匝匝，结成了无数的疙瘩，竟使这位异想天开的乌鸦无法把爪子拔出来。

结果乌鸦的雄心没有实现，自己反成了俘虏。牧羊人

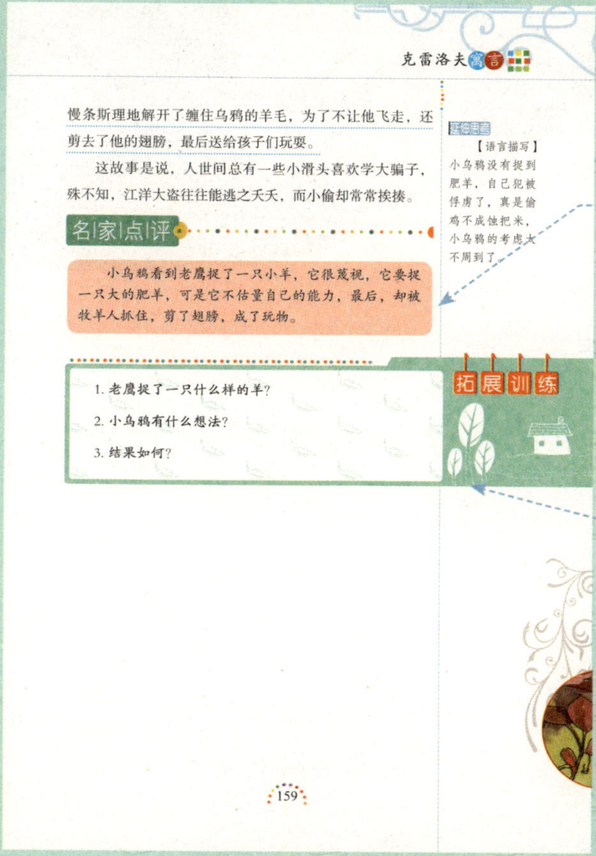

慢条斯理地解开了缠住乌鸦的羊毛，为了不让他飞走，还剪去了他的翅膀，最后送给孩子们玩耍。

这故事是说，人世间总有一些小滑头喜欢学大骗子，殊不知，江洋大盗往往能逃之夭夭，而小偷却常常挨揍。

【语言描写】小乌鸦没有捉到肥羊，自己犯被俘虏了，真是偷鸡不成蚀把米，小乌鸦的考虑太不周到了。

名家点评

小乌鸦看到老鹰捉了一只小羊，它很蔑视，它要捉一只大的肥羊，可是它不估量自己的能力，最后，却被牧羊人抓住，剪了翅膀，成了玩物。

拓展训练

1. 老鹰捉了一只什么样的羊？

2. 小乌鸦有什么想法？

3. 结果如何？

名家点评

每节故事后，都有名师对这节关键内容进行剖析，对精彩内容进行点评，让读者产生共鸣。

拓展训练

读过每一章的故事之后，我们不妨在思维拓展的问答题之下回味这一章精彩的瞬间。

目录

MULU

目录

目录

MULU

城市老鼠和乡下老鼠

名家导读

你请过客吗？请客应该是很高兴的事，可这两只老鼠却在宴席期间没了心情，这是为什么呢？

从前，有一只城里的老鼠去请一只乡下的老鼠吃饭。

“请到舍下用餐。”他彬彬有礼地说。

“非常感谢！”

乡下老鼠当然很高兴，他跟着城里的老鼠进了城。城里果然是不一样！一进屋，乡下老鼠就肃然起敬了：土耳其式的地毯、金光闪闪的餐具……啊，真是好极了！饭菜实在太丰盛了，应有尽有。于是，两只老鼠大吃大喝起来。

“咚！咚！”饭厅门边突然传来了奇怪的声响，城里老鼠一下子紧张起来。宴会的热烈气氛被打破了。“怎么啦？”乡下老鼠忍不住问。“快走！好像有人！”城里老鼠颤抖着说。他什么也顾不上收拾，撒腿就跑。乡下老鼠一看也慌了，紧紧地跟上逃命。

一会儿渐渐安静下来了，躲起来的城里老鼠立刻恢复了常态，他拉着乡下老鼠又回到原处，彬彬有礼地说：“请

延伸思考

【神态描写】描写了乡下老鼠对城里老鼠生活的羡慕，羡慕他的住所，以及生活用具都是那么高档。

延伸思考

【动作描写】描写了城里老鼠的恐惧和狼狈，一定是遇到了最最可怕的事情了，对他来说。

把烤肉都吃了吧！”

“算了吧！”乡下老鼠胃口全无，“还是明天请你来我家吧。”城里老鼠大惊，问道：“怎么，你对这饭菜不满意？”城里老鼠尝了尝桌上的饭菜，说：“这饭菜可是皇家水平的厨师烧的呀！是高水平了！”

乡下老鼠说道：“我不想跟你这筵席比高下，可是我那儿没有什么会打扰我们，这种会被恐惧败坏的快乐，去它的吧！”

延伸思考

【神态语言描写】城里老鼠感到很奇怪，这么好的宴席乡下老鼠竟然不喜欢，他完全不知道乡下老鼠已经没心情吃了。

名家点评

这则故事告诉我们，现在一些人喜欢城里的生活，那里是有很多令人羡慕的事情。可是他们却没有乡下的宁静和心安理得。

拓展训练

1. 乡下老鼠为什么见到城里老鼠的住所和用具感到吃惊？
2. 城里老鼠在用餐时跑什么？

橡树和芦苇①

名家导读

你认为在自然界中，强者和弱者谁更利于生存？有这样一颗强大的橡树和一棵弱小的芦苇，谁能生存的更长久呢？

十月里的一天，一棵橡树和一枝芦苇聊天儿：

“你确实有理由抱怨造化，可不吗？即使是一只麻雀，你也负担不起，即使是逗起涟漪的最微弱的清风，你也颤抖得仿佛遇上了灾害，你摇摇摆摆，俯首低头，十分凄凉，瞧着你真叫人可怜。

我像高加索威严无比——我杀太阳的炎威，小事儿算不得什么；狂风大作，我嗤之以鼻，雷声隆隆，我逍遥自在；我矗立，笔直遒劲，仿佛掌握着攻不破的和平之盾。

对于你，一丝风就是一场风暴；而对于我，一场风暴却是一阵清风。只要你靠近我生长，我的广大的枝叶就可以借给你浓荫，逢到天气险恶，我就可以保护你。可惜造

延伸思考

【语言描写】高大的橡树讥笑芦苇的弱小，讥笑芦苇不能阻挡狂风、不能支撑小鸟的身体，他认为芦苇一无是处。

延伸思考

【语言描写】自大的橡树认为自己是世界上最了不起的人物，没人比得了他，他认为自己可以做芦苇的保护伞。

① 克雷洛夫的某些寓言，是取材于伊索、拉封丹等的寓言和印度故事的。例如《橡树和芦苇》，就是翻译拉封丹的。然而，经过克雷洛夫的再创造，简直看不出翻译的痕迹来了。

化为你挑选的住所是风神的河岸，是大风大雨的国土。毫无疑问，像你这样的，造化来不及照顾。”

“你真大慈大悲，”芦苇鄙夷地答道，“可是不用你担心，我的命运自能平安无恙！假使我害怕风暴，那也不是我自己的缘故。虽然我一定要摇摇摆摆，可我绝不会被折断，它们损害不了我。我以为，你自己的危险倒可能更大。的的确确，直到现在，在猛烈的风暴里，你那茁壮的身体仍然屹立不动，你的脸也从来没有躲避过狂风暴雨的打击。可是，等着瞧结果吧！”

延伸思考

【语言描写】芦苇对自己的生存方式有自己的见解，他认为自己可以以自己的柔弱对付自然界的刚强。

芦苇的话刚刚说完，突然雹雨交加，从北方冲出了喧闹的阿启洛，橡树屹立，而芦苇必须俯倒在地上。风狂雨暴，愈来愈猛，那树顶高入云霄的炫耀夸口的橡树，茁壮的脚深入浓荫下土壤内的橡树，终于被呼啸着的风连根拔起。

延伸思考

【语言描写】大橡树北风连根拔起，而柔弱的芦苇却完好无所。所以说人不能太过骄傲，要谦虚做人。

名家点评

这则寓言讲述了强大的大橡树很骄傲，看不起弱小的芦苇。可是当大风暴来临时，先吹到的却是大橡树，而伏倒在地的芦苇却安然无恙，这告诉我们不要过于自大，要谦虚做人。

拓展训练

1. 大橡树为什么嘲笑芦苇？

2. 芦苇认为自己软弱吗？

3. 狂风来临大橡树和芦苇有什么结果？

仁慈的狐狸

名家导读

听说过狡猾的狐狸吗？这里有一只仁慈的狐狸，他要救助几只失去母亲的小鸟，这是真的吗？狐狸会改掉凶恶的本性吗？

有一天，有人无意中一枪把一只知更鸟打下来了。

这一枪令三只可怜的小知更鸟成了无依无靠的孤儿，他们心惊胆战。三只小知更鸟是新孵出来的，没有力气，他们冷得发抖，痛苦地叽叽喳喳地叫着，呼唤母亲回来喂食。

狐狸半蹲在一块石头上，对其他鸟儿说："看到这些可怜的娃娃，谁不心疼？我们大家都来出一把力，救活这些娃娃！"

狐狸对杜鹃说："来吧，你显然是在换毛，把你的毛拔下来替他们做一床被子，不是很好吗？"狐狸转向云雀："你在天空里翻跟头，也玩够了！你应该到田野和草原上找寻食物，分些给小鸟。""你，斑鸠，"狐狸说，"你的小斑鸠已经羽毛丰满了，他们可以自己觅食了，你到那边给三

延伸思考

【动作描写】描写了失去母亲的小知更鸟的可怜，它们无人喂食，浑身寒冷，他们需要自己的母亲。

延伸思考

【语言描写】狐狸好像大发善心了，突然间对几只失去母爱的小鸟产生了怜悯之心，不知道这是不是真心。

只小鸟当母亲去吧。”“你，燕子，”狐狸指挥道，“捉几只苍蝇给他们吃吧，可怜的小孤儿们，需要好好吃一顿哩。”最后，狐狸指着夜莺说：“你一来大家就高兴了，当微风轻轻吹拂，你要用你甜蜜的催眠曲，让他们好好睡觉。”狐狸号召道：“这样的照顾和关切，一定可以使他们忘掉失去母亲的悲伤。我们要让大家知道荒野也有仁慈！”

延伸思考

【语言描写】狐狸安排着一切事宜，这需要很长时间，可他并没有给自己安排一项任务，这一切都看出了狐狸狐狸假惺惺的丑恶嘴脸。

这时，那三只小知更鸟已经饿得支持不住了，他们痛苦的叫声越来越低，越来越低……

没等狐狸的话说完，三只小知更鸟从树上跌下来了，正好落在狐狸的身旁。那狐狸立刻把他的仁慈情感抛到九霄云外，坐下来大吃大嚼了。

延伸思考

【语言描写】当利益落在狐狸面前时，他是不会大发善心的，此时他会漏出自己丑恶的面目。

这故事是说，真正危险的，是那些言与行背道而驰的人。

名家点评

狐狸要救助几只失去母亲的小鸟，听上去很令人感动，因为此时他得不到小鸟，可当小鸟们落在自己面前时，他却不顾一切的吃起来，这就是当面一套背后一套，这才是最阴险的坏人。

拓展训练

1. 几只小鸟怎样失去母亲的？

2. 狐狸为什么大发慈悲？

3. 小鸟落下来狐狸是怎样做的？

两只狗

名家导读

两只狗却有着不同的命运，这是为什么呢？原来其中一只狗是靠摇尾讨好主人罢了，失去了自尊。

一只终年替主人辛勤服务的忠实的看家狗，高兴地碰到了好久不见的朋友。那是只鬈毛的哈巴狗，他躺在窗口柔软的绒垫子上面。好像找到了亲姐妹似的，看家狗几乎高兴得哭了起来，他呜哩呜哩地吠叫，在墙上乱抓乱爬，摇动着尾巴跳来跳去。

延伸思考

【神态动作描写】描写了看家狗对朋友的想念，长时间的离别，使得看家狗激动异常。

"喂，亲爱的朋友，自从主人把你带进高楼大厦跟他住在一起以后，你的生活过得可好？我们在外边院子里经常挨饿的光景，你还没有忘记吧，哦，你现在干的是什么职务呀？"

"诉苦是罪过的，"哈巴狗答道，"我相信我是主人唯一的宝贝。我过着奢华富贵的生活，吃呀，喝呀，用的都是银做的餐具。我趴在主人的膝头上玩儿；玩得腻了，在沙发上地板上打打滚也十分舒服。你的日子过得怎样呢？"

延伸思考

【语言描写】描写了哈巴狗的幸福生活，过着奢侈富贵的生活，表明哈巴狗找对了主人，走对了路。

“我吗？”忠实的狗说道，他的尾巴无力地垂下来了，他的嘴巴也贴近地面了。“就跟咱俩小的时候一样，我还是经常挨冻挨饿，还是看守着主人的屋子，我就露天睡在那边院子里，听任雨水浇淋；有时我一叫就挨上一脚，再不然就挨上一棍！你又弱又小，却享尽荣华富贵；而我，历尽千辛万苦，干得精疲力竭，却是一无所获。你究竟有什么本领，让主人如此喜欢你呢？”

延伸思考

【语言动作描写】通过看家狗的一声叹息，和无精打采的动作，都说明看家狗过得非常辛酸。

“什么本领？你想知道吗？”哈巴狗惊奇地说，“我无非能够用后脚走路，讨人喜欢而已。”

延伸思考

【语言描写】哈巴狗并没有什么真实的本领，只是靠摇尾卖弄取得主人的欢心罢了。

这故事是说，许多人荣华富贵并没有其他的缘故，只不过是能够用后脚走路、摇头摆尾罢了。

名家点评

看家狗看到多日不见的哈巴狗很是激动，哈巴狗说他过得很好，奢华富贵，而可怜的看家狗却是每日挨打受气心酸不已，这其中的奥秘是，哈巴狗只是会摇尾讨好罢了，失去了人格。

拓展训练

1. 看家狗见到了谁?

2. 哈巴狗过得怎样?

3. 哈巴狗为什么会过上这种奢华的生活?

小箱子[1]

名家导读

做事情不要想得太复杂，要考虑好从何下手，要有条理，不要贸然的吹嘘，像文中的这个不动脑筋，只会空想的人，是不会做成什么的。

延伸思考

【外形描写】描写了小箱子的精致美观，和做工精细，让人见了就会喜欢。

延伸思考

【语言描写】这个想打开箱子的人，故弄玄虚，想卖弄两手，所以他就对大家吹下大话。

最普通的工作，没有动手之前，总觉得又费时又费劲。关键问题，就是要开动脑筋，考虑好了，一做就成。

有人拿来了一只刚做好的新箱子。这活儿做得又精致，又利落，真是惹眼。这漂亮的小箱子，招得人人喜欢。

于是来了一个家伙——一点不错，这家伙懂得这些个玩意儿。他瞅了瞅箱子。

“这箱子有点儿秘密。你瞧，它锁都没有！然而我向你们保证，我能立刻把它打开！站在那一边的蠢材们可别耻笑！等着瞧吧！我一定会找到窍门，把秘密告诉大家。对于这个门道，我倒还有两手。”

① 《小箱子》是克雷洛夫的第一篇自己创作的寓言，1808年发表在《戏剧通报》上。1809年，首次出版了《伊凡－克雷洛夫寓言集》，共23篇，大部分是在《戏剧通报》上发表过的。从1809年起，常常增加许多新作品的寓言集便继续不断地再版，到克雷洛夫逝世的时候，《伊凡·克雷洛夫寓言集》，已达197篇之多。

他就动手，在箱子上到处摸索。他把箱子翻过来转过去，他捉摸又捉摸，他揿揿这个钉又揿揿那个钉，然后又按按箱子的提手。这当儿啊，有人紧盯着他，有人摇头，有人交头接耳相顾窃笑。旁观者一阵又一阵地说话："不是那样！不！不在那儿！"

他拼命地捉摸了又捉摸，他浑身大汗，出汗出得他都泄了气。他放弃了，把箱子搁到了架子上。

究竟怎样把它打开，他怎么也想不通。

其实这小箱子是很容易打开的。

延伸思考

【动作描写】通过描写他的浑身大汗，说明他打开箱子已费了九牛二虎之力，可是还是没有成功。

名家点评

本文描写了一个爱故弄玄虚的人，认为自己有着高超的技艺，而实践中他却什么都做不好，这说明人不要把问题想复杂了，要有真才实学才行。

拓展训练

1. 文中出现了一个什么样的小箱子？

2. 那个人是怎样对大家说能打开箱子的？

3. 最后他打开了吗？

诽谤者和毒蛇

名家导读

你们认为毒蛇厉害吧！可和诽谤者比起来，还要稍逊一筹，看看这个故事，你就知道为什么了？

都说魔鬼们不讲究公道，其实魔鬼们时常显出他们是喜欢公平办事的。我愿意举一个最近发生的实例来加以证明。

当地狱的全体“大亨”们堂而皇之地游行的时候，诽谤者和毒蛇，为了在这庆祝胜利的典礼中谁该排在前头的事，争吵起来了，两个魔鬼都觉得自己被轻视了，十分激愤。

延伸思考

【语言描写】故事的原因，诽谤者和毒蛇一争高下，看谁做的坏事最恶毒，他们不分输赢，平分秋色。

那么，在争名位的高下方面，谁显得条件强些呢？在魔鬼的王国里，当然是对人世间作恶最多的那一个，所以在长长的激烈的争吵之中，诽谤者为了说服他的敌人，就伸出他的毒舌头来；毒蛇也露出他十分自负的毒牙来，他嘶嘶地叫着，他不甘心受人冒犯，他尽力挤到前面去。的确，看上去诽谤者要失败了；但是魔王忍耐不住了，他仁

延伸思考

【语言描写】“毒蛇头”和“毒牙”都说明了诽谤者和毒蛇的恶毒，他们的毒舌头和毒牙都给人们造成伤害。

爱地屈尊帮助诽谤者，他亲自干涉这场纠纷，命令毒蛇排在后面。

“虽然我完全承认你的价值，”魔王说道，“但我觉得诽谤者所要求的优先权比你更有道理。你是恶毒的，你的毒牙可以致人死命，谁要跑得太近了，你咬起来就百发百中；当人们对你没有什么恶意的时候，你也咬人（这也非同小可），可是，你倒说说看，有谁离你远远的而被你中伤过，就像被诽谤者恶毒的舌头所中伤一样？人们尽管越过山跨过海，可是再远也逃不掉诽谤者的中伤。你应该同意和你比起来，诽谤者能够作更大的恶；所以，正是你该排到后面去，而且请你以后要更加谦卑一点！”

从这一天以后，毒蛇在地狱里就对诽谤者退让了。

延伸思考

【语言描写】在他们争执不下的时候，魔王出来主持公平，他认为诽谤者技艺更超群，所以把毒蛇排在后面。

延伸思考

【语言描写】这句话说明了是巨大无比大　诽谤者的伤害，是看不见，摸不着的所以更可怕。

名家点评

本文描写了诽谤者和毒蛇攀比谁的伤害更大，争执不下，魔王主持公道，他认为诽谤者获胜，因为他的伤害是无形的，是人们难以逃避的，这说明无形的伤害更可怕。

拓展训练

1. 诽谤者和毒蛇为什么争执？
2. 魔王为什么主持公道？
3. 最后谁获胜？

猫和夜莺

名家导读

你在什么情况下才会愉快歌唱？如果在恐吓下能唱得出歌来吗？看看这只凶残的猫是怎样让小夜莺唱歌的吧。

延伸思考

【动作描写】猫抓到一只夜莺，小夜莺吓得浑身发抖，它知道落到假惺惺的猫手里是什么下场。

延伸思考

【语言描写】假惺惺的猫对可怜的小夜莺甜言蜜语，其实它只不过是在玩弄它而已。

猫捉到一只夜莺，他伸出脚爪，只轻轻地一握就吓得可怜的小鸟缩成一团；猫在夜莺的耳边低声说道：“夜莺，我亲爱的小鸟，我听到人们到处在赞扬你的歌唱，说你的歌唱和第一流的音乐不相上下。老朋友狐狸的话是不会毫无道理的。他说你生就一副好嗓子，又甜润又动人，所有的人听了你可爱的歌曲，不论是牧童还是牧女，都会心醉神迷。我想，我自己也十分喜欢听你的歌唱。不要发抖，我的朋友，不要误会我的意思！你以为我要吃掉你吗？没有这样的事。我只要你给我唱歌——如此而已。我要释放你的，让你在树林里漫游，从这棵树飞到那棵树！至于说到音乐呢，你要知道，我跟你一样地爱好音乐；我也常常喜欢喵呜地唱着催眠曲睡去哩。”

但是可怜的夜莺抖得厉害，他在猫的脚爪中连气也透不过来，猫说："我等着，哦，怎么啦？唱吧，我的亲爱的——唱一支短短的小曲儿也行。"但是夜莺唱不出来，他在惶恐中叽叽地哀叫。

"你就用这种怪声怪叫风靡整个树林吗？"猫发出讥讽的笑声，说道，"请问，大家赞不绝口的纯正而洪亮的音调，都到哪里去了呢？哪怕是我自己的小猫，我也忍受不了这样的怪叫！我希望你能唱歌，显然是指望错了。让我来试试看，把你放在我嘴里是否味道要好些。"

我们可怜的歌唱家就被猫吃得精光了。

靠近一点，让我把骨鲠在喉的话轻轻地说给你听：落在猫脚爪里的夜莺是唱不出歌来的。

延伸思考

【动作描写】凶残的猫让小夜莺唱歌，却不放开它的利爪，在恐惧中小夜莺又怎能唱出歌来呢？

延伸思考

【语言描写】猫终于露出他凶恶的本性，他要吃掉小夜莺，凶残的坏人又怎么会有善心呢？

名家点评

一只凶残的猫逮到一只小夜莺，让他唱出美妙的歌声，小夜莺在凶恶的猫爪下又怎能唱出歌来呢？无论是人还是动物，要在和谐共处的环境下才会愉快歌唱。

拓展训练

1. 小夜莺被谁逮到啦？

2. 凶残的猫要夜莺干啥？

3. 最后夜莺怎么样了？

巴尔那塞斯山[①]

名家导读

美妙的歌声让人愉悦，可刺耳的噪音又会怎样呢？下面就听听这一群蠢驴的歌声吧。

把古代诸神赶出了希腊，把他们的土地分给平民百姓的时候，巴尔那塞斯山也分派给了几个农民，他们把驴子放到这神圣的山上吃草。这些驴子不知道怎么打听到文艺女神们以前在这儿住过，为什么主人把它们放上山来，这群驴子心里都十分明白。

延伸思考

【语言描写】驴子们来到巴尔纳塞斯山，竟然不知天高地厚，要学文艺女神来唱歌。

“文艺女神们收场了，现在，代替她们，可要咱们来唱了。”

“怎么样，来吧，”一头驴子说道。“来一个轰轰烈烈的开端，我先敲打起来，个个都要一显身手！别害臊，伙计们，害臊太可笑了。

延伸思考

【语言描写】愚蠢的驴子要歌唱它们的荣誉，真是得意忘形了 。

我们要歌唱我们这群驴子的光荣。再响点儿，对，要比九姐妹[②]唱得更响。我们要组成驴子的唱诗班，把驴子的圣诗高唱入云。要是有什么信口乱唱的声音超过了我们的

① 巴尔那塞斯山：希腊中部的山名，文艺女神居住之地。

② 九姐妹：指9位文艺女神。

标准，我们就要坚持这条金科玉律——我要称之为驴子式的金科玉律，谁的声音不能使我们驴子满意，谁就根本不许在这儿歌唱。”

这一段狡猾的离奇古怪的演说，驴子式地投合了大家的心意。于是从这吵吵嚷嚷的一大群里腾起来一片喧哗，仿佛是一连串货车在那里滚动，两万个车轮，个个都缺少润滑油。

延伸思考

【比喻描写】说明驴子们歌唱的难听至极，他们的歌声简直就是噪音，扰乱了人们的生活。

这喧哗的光荣的歌曲怎样收场？主人为了安静，嘱咐把驴子赶下巴尔那塞斯山，关进畜栏。

我希望没有一头驴子会拉我的鼻子侮辱我，假使我用下面这个老生常谈来结束我的寓言：凡傻头傻脑的，不论搞到什么职位，也绝不会聪明起来的。

名家点评

驴子们上了神山，竟然不知天高地厚，要学文艺女神在山上高歌，结果难听的叫声扰乱了人们的生活，所以被主人逐下山去。驴子就是驴子，终究聪明不起来。

拓展训练

1. 驴子们是怎么上的神山？

2. 他们要干什么？

3. 最终结局怎样？

乌鸦和狐狸①

名家导读

大家听过乌鸦的歌声吗？一定是相当刺耳，可在狐狸的哄骗下，糊乌鸦竟然认为自己的歌声，是最美妙的。

延伸思考

【语言描写】这世界上不缺拍马屁的人，因为这世界上就有人喜欢别人给自己拍马屁，以满足自己的虚荣心。

延伸思考

【动作描写】狡猾的狐狸闻到奶酪的香味，就舔舔嘴巴，说明狐狸非常馋，想得到奶酪。

对阿谀拍马的卑鄙和恶劣，我们不知被告诫过多少遍了。然而总是不起作用：拍马屁的人总会在我们的心里找到空子。

上帝不知怎的赏给乌鸦一小块乳酪。乌鸦躲到一棵枞树上，它好像已经安顿下来，准备享受它的口福了。然而，它嘴巴半开半闭的，含着那一小块美味的东西在沉思默想。

不幸，这时候跑来了一只狐狸。一阵香味使狐狸立刻停下步来，它瞧瞧乳酪，舔舔嘴巴。这坏东西踮起脚尖偷偷走近枞树，它卷起尾巴，目不转睛地瞅着，它那么柔和地说话，每个字都是细声细气的：

① 在《乌鸦和狐狸》之前，克雷洛夫曾经发表过四篇寓言：《羞怯的赌徒》、《赌徒的命运》、《孔雀和夜莺》和《厌烦客人的》，是模仿18世纪俄国寓言作家苏马罗科夫和赫姆尼采尔的作品．但克雷洛夫始终不肯把它们收进九卷本的寓言集。

“你是多么美丽啊，逗人喜爱的鸟！那颈子，呦，那眼睛，美丽得像个天堂的梦！而且，多么漂亮的羽毛，多么灵巧的嘴巴呀！只要你开口，一定是天使的声音。唱吧，亲爱的，别害臊！啊，小妹妹，说实话，你出落得这样美丽魅人，要是唱得同样美妙动人，在鸟类之中，你可就是令人拜倒的皇后了！”

延伸思考

【动作描写】乌鸦上了狐狸的当，他被赞美冲昏了头脑，他不知所以然了，所以张嘴丢掉口中的食物。

那傻东西被狐狸的赞美搞得昏了头，它高兴得连气都透不过来了。它听了狐狸的柔声劝诱，提高嗓门儿，尽乌鸦之所能，叫出了刺耳的声调。

乳酪掉下去了！——乳酪和狐狸都没了踪影。

名家点评

乌鸦口中衔着一块乳酪，狡猾的狐狸馋的直流口水，为了得到那块乳酪，就对乌鸦唱起了赞歌。果然，乌鸦上当了，张嘴丢掉食物。这说明世界上还有很多人为了满足自己的虚荣心，而听信别人的奉承。

拓展训练

1. 乌鸦叼着什么食物？

2. 狐狸看到后有什么反应？

3. 最后怎样？

浪子和燕子

名家导读

我们要做一个会打算的人，才能生活得更幸福，看看这个故事里的人吧，他的目光短浅害得他生活凄惨。

我认识一个放荡的纨绔子弟，他从他姑母那里继承了一大笔遗产。他开始挥霍金钱，简直是挥金如土，结果全部财产都变成了借据。

他有一件漂亮的皮外套，还不算旧。正是冬季，正是天寒地冻的时候。有一天，飞过了一只燕子，我们傻里傻气的大少爷就把皮外套当掉了！

“这是人人都知道的，除非春天来了，否则天空里是绝看不到燕子的。”浪子想道，“现在，我的皮外套是完全没有用处了。何必还裹着皮外套呢？现在，第一阵春风给苏醒的大自然带来了明媚的风光，被放逐的严寒向着沉默的北方飞去了。”

我们的大少爷是精于计算的，只是他完全忘记了——至少在他打喷嚏之前，他是完全忘记了：一燕不成春。

延伸思考

【语言描写】人对轻而易举得来的财产，是不会珍惜的，正如这个纨绔子弟，他无度的挥霍别人的金钱。

延伸思考

【语言描写】燕子来了，燕子是春的使者，所以浪子在心里想，有燕子春天就会来到。

事实也确实如此！严寒又回来了，马车轧砾着经过成团成块的积雪，炉子的烟囱里冒着炯儿，每一块玻璃窗上都结着有趣的五花八门的薄冰。

延伸思考

【语言描写】描写了春天的寒冷，春天的变化是无常的，倒春寒的厉害也是让人无可奈何地，果然，天气又冷了。

可怜的浪子！他的眼睛里分泌着伤风的黏液；说起春天快要到来的小鸟冻僵在雪地里。他站在燕子旁边，浑身发抖，气也不透的，从牙缝里喃喃地说道：

“你这混账东西，你自己也完蛋了！我以为你的话是靠得住的哩！我刚才把我的皮大衣当掉了，——真他妈的糟糕！”

名家点评

一个纨绔子弟不珍惜自己得来的财产，无度挥霍，最后弄的外债累累，只好靠当衣服为生，他看到燕子的来到，就以为春天来了，把身上的皮衣卖掉，结果寒冷的天气又回来了，他被冻得得了一场病。人要看得长远，不要只看眼前。

拓展训练

1. 纨绔子弟是怎样得到大笔财产的？
2. 他又是怎样挥霍光的？
3. 他看到燕子以为怎样？

小树林和火

名家导读

你对朋友有选择吗？是不是什么人都可以做朋友？看看小树林和小火苗做朋友后的下场吧。

选择朋友一定要谨慎！彻底的自私自利，会戴上友谊的假面具，却又设好陷阱来坑你。为了更加牢记这个道理，请听我讲一个小小的故事。

一个冬天的早晨，旅人们夜间宿营留下来的火苗儿，仍旧在几棵树下发光。时间一点一点地过去，火苗儿快要灭了。它没有了燃料，几乎燃烧不成了。火苗儿希望补救它的惨状，它跟小树林谈判：

“亲爱的小树林，你身上一片叶子也没有，这样赤裸裸地冒着寒冷站在那儿。我冒昧请问，为什么命运之神对你这样地残酷？”

“我深深地埋在雪里，我的蓓蕾无法开花，我的叶子无法生长。”

“不要紧，”火苗儿说道，“那算不了什么。跟我做朋友吧！我的帮助之大，你是意想不到的。我是太阳的兄

延伸思考

【语言描写】

描写了小火苗燃料已尽，即将熄灭，此时如果有人能添一把柴，它就会继续燃烧，它多么渴望继续燃烧呀！

延伸思考

【语言描写】

说明了小树林此时的困境，他们被埋在雪里，寒冷使他们不能开花结果。

弟，在严冬的天空下，它的神通也不比我广大。你到暖室里去瞧瞧，在冬天，在大雪和大风暴的日子，暖室里的植物抽芽开花，又舒服又温暖，全得感谢我呐！自称自赞是不好的，何况我也讨厌大吹大擂。然而太阳本身的力量啊，我看也未必那么伟大。那些骄傲自大的光芒，不管它们怎样照耀，在这宿营地，投下的光线可微弱无力。但是你瞧，一靠近我，雪就马上融化了。如果你在冬天要保持像春夏一样的苍翠，你只要在你的树荫下，为我留一席之地！”

事情很快就谈妥了。那火苗儿，添上了燃料，现在火变大了。火势向上升腾，火苗儿飞上了大小树枝，黑烟成团成云的冲上天空。残酷的大火一会儿就把小树林团团围住，一股劲儿把小树林统统烧光。以前过路人歇凉的一片赏心悦目的浓荫，现在却只剩下烧焦烧坏的树桩了。——当火跟树木交上了朋友，这是必然的结果。

延伸思考

【情景描写】小树林听信了火苗的话，结果惹祸上身，它们被火苗烧的一片精光，这就是不选择朋友的结果。

名家点评

小火苗为了得到继续燃烧的燃料，说服了小树林，为它添柴，可添柴之后，小火苗变成了熊熊大火，烧光了所有的树林。所以交朋友要有选择，不要自己害了自己。

拓展训练

1. 小火苗为什么和小树林谈判？

2. 小树林答应了吗？

3. 最后什么结果？

山雀

名家导读

你见过小山雀吗？一只很小的鸟，用两个手指就能把它拎起来，可它却要烧枯海水，你们相信吗？

山雀飞到海边上，它夸下海口，要把大海烧枯！

全世界都为这件咄咄怪事不安地议论纷纷。海神的京城里挤满了吃惊的居民；鸟儿成群结队地飞行；森林里所有的野兽川流不息地跑来，看海水怎样被燃烧，热量又有多大。在那些听到这轰动的消息的人们中间，有一个经常应酬赴宴的家伙。他手里拿着银做的汤匙，跟着第一批人来到海边，要来享受美味无穷的鱼汤。这样的筵席，连最有钱的百万富翁也没有请他的伙计们吃过。

大家挤到一块儿，张大着嘴巴眺望这场奇观，他们默默地凝视着大海，目不转睛地视着大海，这儿那儿有人说话：

“你瞧！你瞧！快看见海沸腾了！快看见海着火了！”

“不对头！海在燃烧吗？不，没有燃烧。海有点儿发烫了！不！甚至不烫不热呀！”

延伸思考

【语言描写】把海水烧枯这可不是简单的事，可小山雀却夸下了海口，不知道这能不能成为事实？

延伸思考

【动作描写】描写了人们的好奇，和人们的怀疑，他们不相信这一切能成为事实，他们都来看热闹。

这样吹牛夸口，结果如何呢？我们的英雄羞惭地逃回了它的鸟巢。山雀闹得满城风雨，却不曾把海烧着。

倒不是要唐突什么人，我再想多说一句：事情还没有做成就吹牛夸口，的确糟糕透顶。

延伸思考

【语言描写】小山雀夸下的海口没有实现，惭愧得无地自容，灰溜溜的逃到了自己的巢穴，真是自不量力。

名家点评

小山雀夸下海口，要把海水烧枯，人们都来目睹这一壮观的景象，可事实上，这是不能实现的。所以，做事之前，要三思而后行，量力而为，不要自夸海口。

拓展训练

1. 小山雀夸下什么海口？

2. 人们都跑来干什么？

3，结果怎样呢？

守财奴

名家导读

听说过守财奴，但不知道他吝啬成什么程度？读了这篇文章，你们就领教了。

一个妖精搞了一批贵重的金银财物，埋藏在地下。突然它接到魔王的命令，要它越过大海和陆地，作一个长距离的飞行。你要知道，像这样的差使，魔鬼们是不管本人乐意不乐意的，既然是命令，就一定要执行。我们的妖精十分苦恼，拿不定主意：它走了以后，怎样确保金银财物的安全呢？谁可以万无一失地把它看管好呢？把它锁起来，雇一个人看守吧，那太费钱了；就这样随它去吧，一定会丢失。你时时刻刻都要担心它会出什么乱子，盗掘呀，打开金柜呀！——金钱是逃不过人的眼睛的。

延伸思考

【语言描写】魔鬼们的纪律很铁，只要有命令就要执行，不得违背，从中可以看出，魔鬼们的无人性。

延伸思考

【语言描写】妖精很是放心不下他的财物，他左思右想，不知道怎样处理好自己的财物，他很烦恼。

妖精想了好久，终于想到了它应该采取的办法。凑巧它有个房东是个吝啬的守财奴，妖精带着全部金银财物，在出发之前去找守财奴，跟他说道：

“亲爱的房东，我今天刚知道我得离开家到外国去。我和你一向处得很好，作为朋友之间临别的赠品，我希望你不会拒绝我的小小的财货！吃啊，喝啊，随你老人家高兴，这些金元你可以随意花费。当死亡结束了你尘世的忧患时，我就来当你唯一的继承人，我只有这么一个要求。说到这一点呢，我还希望你长命百岁哩。”

妖精说完就出发了。十年过去了，又是十年过去了，妖精完成它的任务后就回到十分美好的故土，回到甜蜜的家里来了。

啊，多么令人高兴的景象！全部金元原封未动，守财奴靠着金柜饿死在那里，手里还紧紧地握着钥匙哩。妖精从皱缩的饿瘪的手指中悄悄地取出了钥匙。找到了这样一文钱也不花的看管人，妖精当然是满心高兴的。

如果守财奴不是醒着睡着都死抱住金子不放，那么妖精就不会放心他保管了。

延伸思考

【情景描写】守财奴死了，守着金柜饿死了，真是吝啬至极，到死都舍不得花一文钱。

名家点评

妖精要去出差，可他有很多财物，不知如何处理，这时他想到了守财奴，把财物交给他保管，几十年后，守财奴守着金柜饿死了。世间竟有这样的傻人。

拓展训练

1. 妖精要去干什么？

2，妖精的心事是什么？

3. 最后守财奴怎样了？

驴子

名家导读

驴子为什么愚蠢？因为它只会抱怨，他虽然得到了高大的身躯，却空虚了头脑，所以说高大与否与地位没有关系。

延伸思考

【语言描写】讲述了驴子最初的样子，生的很小，很难引人注意，所以驴子很苦恼，它也愿像其他野兽那样高大威猛。

当初老天爷为世界创造众生，让各种族类的野兽投生，驴子也就产生了。可是不晓得老天爷是故意的还是事情太忙，他没有注意到驴子。所以，驴子生得不过白鼬那么大。这样大小，驴子当然难以引人注意。然而众生之中还没有比驴子更高傲的野兽。驴子渴望着引起大家的重视，可是生就那么个小不点儿，它简直觉得连活动都丢脸。所以我的自高自大的驴子，不断地用祷告向老天爷蘑菇，要求老天爷让他长得更加庞大。

“咳，替我想想吧！”它说，“这简直不能容忍啊，豹、狮、象，它们生得这样魁梧，野兽不论大小，都永远在谈论它们。为什么对待驴子这样冷酷呢？光荣榜上无名，谁都不屑提他一声。如果你让我有牛犊一半儿高大，我就可以使狮子不再骄傲，使豹子不再虚夸，而全世界就要为我议论纷纷。”

第二天驴子又旧调重弹，终于变得十分惹厌。老天爷想道：“咳，就让它得到它想要得到的东西吧，我要使它头脑清醒。”

驴子变成了牲口中的庞然大物，而且生就一副怪声怪气的嗓子，我的长耳朵的大力士，如今惹得人人浑身起鸡皮疙瘩。

“那是什么野兽？什么族类？啰里啰唆，大概不错；嫉妒心强，毫无疑问。”

事实上，驴子不久就成了话柄。结果呢？真糟糕，不到一年，人人都把驴子看透了。驴子以绝对的愚蠢闻名，人人把负担压在它的背上。

身材的高大，就跟地位的高贵一样，显然是好事儿。然而，灵魂要是卑劣的，那就不见得是什么好事了。

延伸思考

【语言描写】驴子如愿以偿了，变得高大了，可名声却糟透了，人们都认为他很愚蠢，所以驴子又增加了其他的负担。

名家点评

驴子原来生的很小，他抱怨自己生的小，祈求老天爷让它变得高大，老天爷让它如愿以偿了。但人们都认为驴子蠢透了。

拓展训练

1. 驴子原来什么样子？

2. 它对自己的样子满意吗？

3. 人们最后怎样看到驴子？

鹅

名家导读

一群没做出任何成绩的鹅群，忍受不了农夫的驱赶，他们想用祖先的事迹来美化自己，可这和它们又有什么关系呢？

有一个农夫拿着一根长竿，
赶着一群鹅进城去，
想到集市里用它们换些钱。
我应该实话实说，没有什么好回避的。
他可真是不会客气，
对着这群鹅又是打，又是骂。
他赶路走得比较急，想赶早一点儿卖个好价钱。
（只要是和利益有关，不用说是鹅，就算是对人，他哪里会讲情面！）
对于农夫，我不想对他多加指责，
但是鹅儿们的想法可是完全不同。
这一路上走着，不管是遇到什么样的人，

延伸思考

【语言描写】描写了人的本质，无利不起早，所以农夫急急地赶着鹅往前走，是为了赶早卖个好价钱。

它们都会冲着路人不停地叫唤，

不停地将这个农夫埋怨：

“这世上还有谁的不幸能够比得过我们这群鹅？

这个可恶的农夫，没文化的乡下佬，

这么粗鲁地将我们赶着，

就好像我们的出身十分低贱。

这乡下佬没读过书，既无知识又无学问，

居然不知道将我们尊敬。

我们可是出身于名门世家，

在很久很久以前，

罗马城可是因为我们才幸免于难！

现在，那里还定了节日将我们纪念！”

路过的人问道：“可是你们这群鹅凭什么要受到优待？

你们的祖先……这个我完全明白，

几乎每一本历史书上都记载着这个故事，

可是对于一点我的疑问很深，

那就是你们有哪些值得骄傲的贡献？”

“曾经拯救过罗马城的，可是我们的祖先！”

“好吧，你们说得没错，但是你们自己干了些什么事情？”

“我们？我们什么也没干。”

“这就对了嘛，既然你们什么也没干，

那你们又有什么了不起的地方？

延伸思考

【语言描写】鹅们对农夫的埋怨，埋怨农夫的粗鲁无礼，埋怨农夫的野蛮无情。

延伸思考

【语言描写】路人对这群鹅发问，你们只是叙述祖先的功绩，可你们又干了很么呢？

延伸思考

【语言描写】意思是不要拿先人的功绩来美化我们，那毕竟已过去，我们要自己做出成绩才行。

不要把你们的祖先常常挂在嘴边，

那已经是过去的事情，让它们好好安息吧！

人们称赞它们是理所当然，

但是你们，你们只配被送上餐桌。”

这首寓言诗本来还可以再作进一步的解释，

但是我怕解释得太过，会让鹅儿们受到更大的刺激。

名家点评

一群鹅不堪农夫的驱赶，边走边向路人讲述先人的功绩，可这与他们自己有什么关系呢？你们要做出成绩才行啊！

拓展训练

1. 农夫为什么要驱赶鹅群？

2. 鹅群向路人讲述了什么？

3. 路人是怎样质问它们的？

猫和夜鹰[1]

名家导读

常言说狐狸给鸡拜年——没安好心，同样猫抓到夜莺说只是为了听它唱歌，这可能吗？

猫捉到一只夜莺，它伸出脚爪，只轻轻地一握就吓得可怜的小鸟缩成一团。猫在夜莺的耳朵边低声说道：

“夜莺，我亲爱的小鸟，我听到人们到处在赞扬你的歌唱，说你的歌唱和第一流的音乐不相上下。老朋友狐狸的话不会毫无道理的，它说你生就一副好嗓子，又甜润又动人，所有的人听了你可爱的歌曲，不论是牧童还是牧女，都会心醉神迷。我想，我自己也十分喜欢听你的歌唱。不要发抖，我的朋友，不要误会我的意思！你以为我要吃掉你吗？没有这样的事。我只要你给我唱歌——如此而已。我要释放你的，让你在树林里漫游，从这棵树飞到那棵树！至于说到音乐呢，你要知道，我跟你一样的爱好音乐，我也常常喜欢咪呜地唱着催眠曲睡去哩。”

但是可怜的夜莺抖得厉害，它在猫的脚爪中连气也透

延伸思考

【语言描写】猫假惺惺地对夜莺说，要听他唱歌，其实只是掩盖凶恶的一种手段罢了。

① 这是一篇讽刺当时书刊检查的寓言。

不过来。猫说："我等着。哦，怎么啦？唱吧，我的亲爱的——唱一支短短的小曲儿也行。"

但是夜莺唱不出来，它在惶恐中叽叽地哀叫。

延伸思考

【语言描写】小夜莺知道自己落到凶恶的猫手里，是不会有好下场的，在这种恐惧的心理下，又怎么能唱得出个呢？

"你就用这种怪声怪叫风靡整个树林吗？"猫发出讥讽的笑声，说道，"请问，大家赞不绝口的纯正而洪亮的音调，都到哪里去了呢？哪怕是我自己的小猫，我也忍受不了这样的怪叫！我希望你能唱歌，显然是指望错了。让我来试试看，把你放在我嘴里是否味道要好些。"

我们的可怜的歌唱家就被猫吃得精光了。

靠近一点，让我把骨鲠在喉的话轻轻地说给你听：落在猫脚爪里的夜莺是唱不出歌来的。

名家点评

猫抓到小夜莺，还假慈悲的说不会吃掉它，只是为了听它唱歌而已，但小夜莺终究逃不脱被猫吃掉的厄运。

拓展训练

1. 猫抓夜莺是为了干什么？
2. 小夜莺为猫唱歌了吗？
3. 小夜莺最后下场如何？

娶三个老婆的人

名家导读

一个男人违反了法律，娶了三个老婆，这是令大家不能容忍的，所以受到了国王的制裁。

一个荒唐的男人，不顾家里有个好妻子，又娶了两个女人。

这件事情不久就传到了国王那里。国王很严厉，对于这样的混蛋，他决不放纵。他下令把那多妻的人逮捕，叫法官们想出最恰当的刑罚，以此警诫全国的人民，让他们看到这一场严厉的审判，从此不敢效尤！

延伸思考

【语言描写】国王是一个好国王，很尊重人们的意见，决不允许这样的事情滋生，所以决定处理此事。

“如果我发觉判决不恰当，”国王说，“我就把你们这些法官统统绞死。”

延伸思考

【语言描写】国王既要严惩这个不专一的家伙，但又不想因为处罚太过分而让全国人民心存不满。

这可不是闹着玩儿的！每一个法官都吓出了一身冷汗。他们用了三天三夜，讨论着各种办法。“我们能想出什么办法来处理这件案子呢？刑罚多得很，可是请问，究竟哪一种刑罚能发生效力，让存心放荡不羁的混账家伙改邪归正呢？”最后，总算老天爷指点了他们。

他们把犯人传来开庭宣判。经过周密的考虑，他们一致判决——三个老婆都归他所有。

人民起初对这个判决感觉奇怪，“国王快把这些法官绞死了，”他们说。可是不到一个礼拜，娶三个老婆的人懊悔不已，自己上吊死了，被埋了。对此，大家十分害怕。据说，从那一天起，国内再也没有人敢娶三个老婆了。

延伸思考

【语言描写】这是一个最合理的处罚，因为女人比什么都烦人，更何况是三个女人，这会让这个家伙尝到苦头的。

名家点评

一个人娶了三个老婆，这是不合法度的。因此，国王要处罚他，法官们给他最好的处罚就是把三个老婆都判给他，因为三个女人会把天翻了。

拓展训练

1. 那个男人娶了几个老婆？
2. 国王为什么要处罚他？
3. 最后结局如何？

从另外一个教区来的

名家导读

人们存在着嫉妒心，所以对比自己强的人，不会去赞美，不会去感动，文中的这个人就是这样。

有些批评家，如果他们是你的朋友，——那么你就是他们所赏识的最伟大的天才。可是其他的诗人呢——不论他歌唱得多么美丽，不仅甭指望他们赞扬赏识，他们甚至十分害怕承认他有什么可称赞的才华。

我根本不指望批评家们会感谢我的劳作，倒想在这个故事里，阐明我对他们的看法。

有一天，一个教堂里的牧师（在口若悬河这一点上，他简直可以算是柏拉图的得意门生），正劝勉他的教民要具有一切善良正直的美德。每一句话，从他的唇边说出来都柔和甜蜜有如甘露，每一个字所包含的真理都深入人心，仿佛用一条金链子拉着似的，他把每一个思想每一个感情，都提升到了天上。他指出了尘世的卑污，指出了一切幻想都是虚妄。牧师的讲道结束了，可是大家都还在静听，人人一心向往着上帝，十分感动，眼泪不自觉地流了出来。

延伸思考

【语言描写】牧师的口才很好，他能把道理如甘露般灌进人们心里，让人们去领会、去感悟，这样才能开化人们。

教民们像流水似的走出教堂，仿佛从上帝之家走出来似的。“啊，口才真好。”当他们走在路上的时候互相交谈起来了。“多么甜蜜、多么热情！他把我们的心都引导到善良的愿望上去了！可是你呢，邻居，我以为——你的心一定是木头做的，自始至终，你的眼睛里没有一滴儿泪水！难道你听不懂吗？”

“我当然听得懂。为他掉眼泪吗？我绝不会！——我是从山上另外一个教区来的。”

延伸思考

【比喻描写】说明牧师的演讲已经出神入化了，他让人们好像和上帝接触过了，道理深入了人心。

名家点评

教堂里的牧师对人们讲述善良的美德，他讲的出神入化，让人们感动不已，如此动人的演讲，却不能感动其中的一个人，他是从山上另一个教区来的，他认为牧师的演讲也许不如自己吧。

拓展训练

1. 牧师给人们讲述什么道理？
2. 牧师讲得怎样？
3. 为什么其中一个人不感动？

青蛙们要一个国王

名家导读

你们喜欢自由的生活吗？可有一群青蛙却不满足这种生活，他们需要有人管制，这真是身在福中不知福。

在青蛙们的心目中，民主已经不受欢迎，没有国王，没有统治和管束，它们觉得生活乏味无聊。为了解除这种不满，青蛙们请求天神赶紧给他们派一个国王。虽然天神们向来不理睬废话，老天爷这一回可答应了它们的祈求，给它们派来一个国王。

延伸思考

【动作描写】描写了国王的分量很重，而且地位很尊贵，从天而降，落到了青蛙们的王国。

它们的国王轰然自天而降，猛烈地撞在它们的国土之上，砸得这烂污泥浆的国家稀里哗啦。青蛙们吓得连蹿带跳，拼命逃跑。它们溜到这边，溜到那边，躲在洞里，敬畏地低声地议论着它们的国王。

延伸思考

【外貌性格描写】描写了国王的性格稳重，遇事冷静，而且很有国王派儿头，个高、腰粗。

那国王的人选，的的确确是再好也没有了。它不慌不忙，不急不躁，谨慎小心，庄严稳重，腰围粗，个儿高，样样适合身份。它只有一个缺点——原来这个国王只不过是一段木头。

起初，子民们把它当作至尊无上的人物，谁也不敢靠近它，并且子民们都战战兢兢，趔趄不前，面孔涨得通红。青蛙们诚惶诚恐地用半只眼睛偷看国王，远远地打风吹草动时的隙缝里偷偷儿瞧瞧。

却说世界上没有永远新奇的事情。这些青蛙们起初惶恐地站着的，终于怀着一片忠诚爬到了国王的跟前。有几个，当着威灵显赫的国王，仍旧是手足失措。但不久最活跃的就勇敢地扭动着身体，或者扭呀扭呀地蹲着挨近国王，有几只顽皮的青蛙竞肆无忌惮，把屁股冲着国王。国王宽宏大量，毫不介意！接下来，大家愈来愈大胆，谁高兴谁就跳上国王的肩头。

延伸思考

【动作描写】说明青蛙们对国王还不甚了解，不敢贸然对国王有什么不礼貌的行为。

不到三天，青蛙们就对这个国王感到厌恶了。它们递了个新的请求，要老天爷给派一个地地道道的国王来统治它们的沼泽国家。老天爷重视它们诚恳的祈求，派下来一只鹤做它们的君王。

这个新国王可不是个一动也不动的傻瓜。它放任吗？君王的性格可不是那样，它要把有罪的吃掉，而且，在它的苛刻的审判下，竟没有一个是无罪的。总而言之，事情到了这样的地步：它吃早餐、午餐，还有晚餐——它就是在审判。整个儿沼泽国里，年头儿愈来愈艰苦，青蛙的数量一直在减少。从早到晚，国王在它们的城市里高视阔步地走来走去，它在路上看到了无论哪一只青蛙，就立刻把它判罪，一口吞掉。

延伸思考

【语言描写】描写了新国王的统治，不再像原来一样，对青蛙们听之任之，而是想吃掉哪只青蛙，哪只青蛙就有罪。

青蛙们以空前未有的痛苦呻吟和祈祷，哀求老天爷再给换一个国王。

“我们现在的国王，”它们哀告道，“它把我们像苍蝇

一样地吞掉。我们哪怕是露出正直的鼻子，无伤大雅地叫一声，都有生命的危险，我们简直要大叫‘呜呼哀哉’了！总之，这个专制魔王比旱灾还要厉害！”

“为什么你们过去不想安安分分地生活呢？”天上的声音宣布道。“可怜的蠢材，我不是被你们闹得没有片刻的安逸吗？为了请派国王，把我耳朵都快震聋了的，难道不是你们吗？给了你们一个国王——它太温和文静，你们就在池塘里大吵大闹。这就来了第二个国王，又残酷又厉害。得了，设法跟它一起生活吧，要不然啊，糟糕的事情还在后面呢！”

延伸思考

【语言描写】对于温和文静的国王，青蛙们不满足，其实青蛙们是身在福中不知福，总是不安于现状。

名家点评

本文描写了一群自由的青蛙却不安于现状，非要请求上天派一个国王来管辖，对于温和文静的国王，它们还是不满足；上天只好派了一只凶残的鸟，这只鸟每天都吃掉它们的成员，它们后悔了。

拓展训练

1. 青蛙们为什么要上天派国王来？

2. 第一次派了个什么国王？

3. 第二次又派了个什么国王？

割去尾巴的狐狸

名家导读

一只狐狸因为伤害到别人的利益，而受到了惩罚，丢掉了尾巴。为了掩盖自己的罪恶，他会怎么办呢？

延伸思考

【语言动作描写】说明人们已经恨透了狐狸，想尽一切办法要捉住它，描写了人们对狐狸的深恶痛绝。

有一只老狐狸，经常溜进村子偷吃鸡和兔子。“非捉住他不可！”村里人恨透了他，做了很多夹子设在各要道口。

晚上，老狐狸又来了。他刚想钻进鸡窝，只听“啪——”一声，尾巴被紧紧夹住了。老狐狸拼命使劲，终于挣脱了出来，可那条尾巴却断在了夹子里。“回去也得让同伴们把尾巴除掉。不然，让他们知道我是丢了尾巴才逃出来的，那多丢脸。”老狐狸想。

过了几天，老狐狸养好了伤，忙着发请柬，请大伙儿都来参加他的聚会。老狐狸对大家说：“我们身上最没用的，就是那条尾巴，它只能打扫那些泥泞小路，应该除掉！”

“你的建议很不错，不过，我们要请你转过身去才能作出回答。”有一只比他更老的狐狸说。

“对！快转过身去吧！”众狐狸附和着。

“不不……”老狐狸吓坏了。

“啊，原来是这么回事！还想坑我们呢……”狐狸们看到那只狐狸丢了尾巴的狼狈相，什么都明白了。

“让他们除掉尾巴已不可能了，我真的丢尽了脸。”老狐狸感到无地自容，伤心地独自离开了。

这故事是说，想用不正当的方法来遮盖自己的丑恶，只会显得更丑恶。

延伸思考

【语言描写】说明狐狸的计谋即将被揭穿，它很害怕，它吞吞吐吐的搪塞着，它只是想让大家看不出它被割掉了尾巴。

名家点评

狐狸被夹子夹断了尾巴，想要掩盖自己的羞耻，就让所有的狐狸割掉尾巴，这又怎么能实现呢？所以说无论是谁都要堂堂正正的做事。

拓展训练

1. 人们为什么痛恨狐狸？
2. 狐狸为什么让所有的狐狸割掉尾巴？
3. 最后怎样？

狮子和豹子

名家导读

战争的双方都是为自己着想的，都是围绕着自己的利益而运转的，狮子和豹子就是这样的，它们达成协议了吗？

在远古时代，狮子和豹子老是打架厮杀。它们为了有争议的森林、洞穴、山谷争吵不休，进行了长期的战争。谁是谁非，它们不高兴研究，碰到这样的问题，强者往往无视法律。它们有自己的规则：谁打赢了谁就拥有真理，没有错儿。然而，终究不能永远争斗下去，否则岂不要把脚爪都磨损了吗？好汉们都决意要结束战争，它们打算停止一切敌对行动，结束一切争端，然后缔结永久的和约，直到下一回它们重新打架的时候。

延伸思考

【语言描写】在狮子和豹子的时代，他们是不讲任何做事规则的，只要自己比别人强大，就是胜者。

“让我们讲和吧，大家派一个代表……”豹子向狮子建议，既然双方同意，就那么办吧！“我确定由猫当我方代表，虽然它的外表平常，但它心地很纯洁。你不妨挑选驴子当代表，它是高等野兽，——总之，我可以担保，在牲口里头，没有像驴子那样高贵的了，我是你的朋友，我的话是可靠的，你自己就可以看出来的，论价值，你的议会和你的法庭，还抵不上半只驴蹄哩。驴子跟我的善良的老猫谈判好了，我们两个就来共同批准。”

狮子觉得豹子的计划挺好，不过它没有派驴子当代表——却让狐狸替它参加这场谈判。狮子精通世故，他自言自语地说道：

“你的敌人推荐的朋友，对你可没有多大用处！”

延伸思考

【语言描写】说明敌对双方是不会互相信任的，狮子不会用豹子推荐的代表的，豹子也没安什么好心。

名|家|点|评

狮子和豹子由于长期战争觉得很累，所以要讲和，他们各自心怀鬼胎，都想达成自己的意愿，可谁也不相信谁。

拓展训练

1. 狮子和豹子为什么战争？
2. 豹子推荐谁做狮子的代表？
3. 狮子接纳了吗？

四重奏

名家导读

四个小动物准备开个四重奏，可是它们怎么也弹奏不出美妙的音乐来，这是为什么呢？

延伸思考

【事件描述】交待了本文的主旨，四个小动物想开一个演奏会，但它们生性是调皮的，不知这个演奏会能开成什么样。

淘气的小猴子、山羊、驴子和笨手笨脚的熊，准备来一个伟大的四重奏。它们搞到了乐谱、中提琴、小提琴和两只大提琴，它们就坐在一棵菩提树下的草地上，想用它们的艺术来征服全世界。它们咿咿哑哑地拉着弓弦，乱糟糟地一阵吵闹，天哪，不晓得是什么名堂！

“停奏吧，兄弟们，”小猴子说道，“等一下，像这样是奏不好的，你们连位子也没有坐对！大熊，你奏的是大提琴，该坐在中提琴的对面，第一小提琴呢，该坐在第二小提琴的对面。这样一来，你瞧着吧，我们就能奏出截然不同的音乐，叫山岭和树林都喜欢得跳起舞来。”

延伸思考

【语言描写】它们弹奏的乱七八糟，根本就是噪音，于是大家各抒己见想要找到对策。

它们调动了位置，重新演奏起来，然而怎么也演奏不好。

“咳，停一停，”驴子说道，“我可找到窍门了！我相信坐成一排就好了。”

它们按照驴子的办法，坐成一排，可是管用吗？不管用。不但不管用，而且杂乱得一塌糊涂了，于是它们对怎样坐法以及为什么这样坐法，争吵得更加厉害。

吵闹的声音，招来了一只夜莺。大家就向它请教演奏的窍门。

“请你耐心教导我们，”它们说，“我们正在搞一个四重奏，可一点儿也搞不出名堂，我们有乐谱，我们有乐器，我们只要你告诉我们怎样坐法！”

“要把四重奏搞得得心应手，你们必须懂得演奏的技术，”夜莺答道，“光知道怎样坐法是不够的。再说呢，我的朋友们，你们的听觉也太不高明了。换个坐法也罢，换个提琴也罢：你们总是不配搞室内音乐的。”

延伸思考

【语言描写】最后夜莺的话点到了重点，没有真正的本领，用什么办法也弹奏不出美妙的音乐来。

名家点评

这个故事告诉我们，要想完成一件事情，首先得有驾驭这件事情的能力，不然做任何努力都是在做无用功。

拓展训练

1. 乐队里有几个小动物，都是谁主？
2. 最后四个小动物向谁请教演奏技巧的？
3. 这个成语说明了一个什么问题？

分红[①]

名家导读

在利益面前，你会怎样做？是不是像故事中的人们一样，不顾一切去争取，甚至不惜牺牲生命。

延伸思考

【语言描写】描写了人们为了钱财为了利益而不顾一切的嘴脸，他们此时为了自己的利益而失去了自己的风度。

几个人合伙开一爿商店，做些老少无欺的生意，发了一笔小财，账目结好了，人人盘算着自己的利益。因为分红分得没有人心满意足，他们吵得不可开交，这时候，一个邻居冲进来嚷道："屋子失火了！"

"赶紧，赶紧，抢救房子、抢救货物！"一个合伙人喊道，"快去！现在我们不要算这些账目了。"

"不算也很好，只要我先到手我那一百，"另一个嚷道，"钱不到手，我决不跑出这个屋子！"

"两百应该归我。账目上说得明明白白！"又有一个喊道，"其他的人无论怎样都不能拿这笔红利！"

这个说："为什么？"那个说："怎么样？"又一个

①《分红》作于1812年战争的开始时期，统帅部的某些德籍将军们不断地争论着如何反抗拿破仑，特别是什么人应该在指挥上占重要地位。克雷洛夫对于这种计较个人利益而无视战火已笼罩全俄的紧急情况，予以严正的谴责。经过克雷洛夫的手，寓言成了反映和批判当时重大事件的武器。

说:“不，你错了！”这些人竟把火灾当作儿戏。这些愚妄的家伙吵得那么长久，浓烟呛住了他们愤怒的声音。于是他们的红利，他们的争吵以及他们本人，都化成了灰烬。

我看见过好些远比这件要重大得多的事情，原是要联合起来对付共同的危机的，却为了自己，仅为了自己，人人为一己的私利吵起架来，结果所有的当事人都这样同归于尽了。

延伸思考

【语言描写】常言说:“人为财死，鸟为食亡。”这些人不顾自己的生命安全，为了争取一点点利益，而不顾自己的生命。

名|家|点|评

几个人为了争取一点点利益，吵得不可开交，竟然不顾大火的危害，还在争取那一点点利益，最后葬生火海。

拓展训练

1. 几个人为了什么事争吵？
2. 大火来临时他们是怎么做的？
3. 结果如何？

剃刀

名家导读

在选择人才和工具的时候，你会选择什么样的？看看文中的这个人吧，与常人正好相反。

骑着驿马赶路的时候，我碰到了一位仁兄，夜间我们找到了一家客店，在那儿住下休息。第二天早晨我刚醒来时，你道我瞧见了什么？我的朋友似乎十分痛苦。第二天晚上，我们谈笑风生，然后互道了晚安。这一回我仔细听着他的动静——我以为他不大对劲儿。他呻吟叹息，后来又发出低声的叫喊。

延伸思考

【声音描写】通过他的声音可以知道他很痛苦，那是一种痛苦的呻吟，使人感到很是不安。

"有什么不舒服吧，"瞧着他举止失常，我很诧异，问道，"我想你不至于生病吧？"

"根本不是生病！我正刮脸哩！"

"啊，光是这么回事吗？"我站起身来。

我的朋友，一脸的不高兴，正呻吟着站在镜子的面前，他那个神气，仿佛有什么恶棍正要剥他的脸上的皮似的。最后，我才恍然大悟了。

"你简直是糟蹋你自己！"我嚷道。"怪不得你要折腾

成这样了。你瞧瞧，那不是剃刀，简直是镰刀呀。别用它来刮脸了，你快把脸孔也切掉了。”

“我并不否认，我的剃刀没有刃锋，这是谁都看得明明白白的！我要保护我的皮肤不受损伤！刀钝了，我就有了保证了。”那位仁兄说道。

延伸思考

【语言描写】描写了这个人这样做的目的，是为了用最钝的刀子保护自己的脸，简直是愚笨至极。

“可是，我的朋友，我愿意十分有礼貌地警告你：最钝的剃刀最容易割破你的脸，最锋利的剃刀替你把脸刮得最好。你必须做到的是学习正确地运用剃刀。”

我看到好多人也是用这种眼光来衡量人才的：他们不敢使用一个真正有价值的人，光搜罗了一帮无用的糊涂虫。

名家点评

故事中的人竟然用最钝的刀子刮脸，是为了保护脸，而钝刀子使得他痛苦地呻吟，这种人真是愚笨至极，有好工具不用，就像有好人才不用一样。

拓展训练

1. 那个人为什么痛苦的呻吟？
2. 他为什么不用好工具？
3. 你认为这个人怎样？

狼落狗舍

名家导读

你们说狼会改邪归正吗？看看这只狼吧，他落到狗窝里，想用自己的聪明智慧，逃出来，可狗们早已看透了他丑恶的嘴脸。

狼在黑夜里想来打劫羊棚，却落入了狗舍，狗舍立刻像白天一样地骚动起来。猎狗嗅到敌人老灰狼就在近旁，涌到狗舍门口，逼上前去迎战。

“喂，伙计们，有贼！有贼！”管狗的人喊道。院子的门关上了，立刻都上了门闩。这块地方顿时乱得像个地狱，人们跑来跑去有的拿着硬木棍儿提着枪来了。

延伸思考

【动作描写】由于狼的到来，狗窝乱成一团，但却戒备心十分强，狗们团结一致，一致对敌。

“拿火来，”他们嚷道。“拿火来！”于是有人跑去拿了火把。狼在角落里坐着，它硬硬的灰色背脊躲在那儿正合适，它露出可怕的牙齿，竖起硬毛，瞪着眼睛，好像当场就能把大家吃掉似的。然而，跟猎狗们打交道，可得放聪明点儿，可不能来这么一手。总而言之，这是很明白的，今儿个夜里可没有不花钱的羊肉吃。狡猾的老狼觉得应该进行谈判，它油嘴滑舌地开口说道：

“我的朋友们，何必这样吵吵闹闹呢？我是你们的老朋友，你们的长久失掉联络的同胞兄弟！我是来签订和约的，你们何必这样气势汹汹呢？让我们大家把往事一笔勾销吧，我们来订立同盟，我不光是不再来惊动你们的羊群，而且情愿替羊群打抱不平，我们狼是有信用的，我发誓……”

“对不起，可没有那样便宜的事儿。”管理猎狗的头儿打断它的话，说道，“如果你是灰色的，我可是白发苍苍了。我老早有根有据地看透了狼的本性，我对付狼的办法已经屡试不爽：绝对不跟狼讲和，除非把它的皮撕掉！”

延伸思考

【语言描写】猎狗头儿早已经看透了狼的本质，所以是不会给它机会的，让它再去害别人。

于是他立刻放出一群猎狗向狼扑去。

名家点评

狼落到狗窝，想靠自己的聪明智慧和狡猾，逃出来，但老猎狗早已识破了他的阴谋和本质，猎狗们最后扑了上去。

拓展训练

1. 狼为什么落到狗窝里？
2. 狼怎样和狗们谈和？
3. 老猎狗怎样做的？

狐狸建筑师

名家导读

你有没有帮过别人的忙？在帮忙的同时，想到过得到什么好处吗？狐狸给狮子帮忙修鸡舍，自己却得到了最大的好处，真是居心叵测呀！

有一只狮子，他非常喜欢养鸡。可是经常发生一些不愉快的事情：有的鸡被偷走了，有的鸡失踪了。为了免除烦恼和补救损失，狮子开始设计一间新鸡棚：门要关严，里面要宽敞，凡是鸡所要求的安乐舒适，统统齐全。狮子听说狐狸是一位技术高明的建筑师，泥木屋舍方面的大专家，所以就请狐狸来建设鸡棚。

狐狸全心全意地开工建造，他毫不含糊地献出了它的最大热忱，最大本领。

延伸思考

【语言描写】描写了狐狸对工作的认真，他用尽最大本领，建造他认为最为完美的作品，其实他是别有心机的。

工程完成了，看起来真是十全十美。狐狸陪着狮子验收，介绍道：“这是鸡歇脚的地方。这个小棚子可供鸡防寒避暑。这个舒服的角落可让母鸡孵蛋。”

“不错！不错！”狮子非常满意，当天就给了狐狸一大笔奖金。狮子马上下令，赶紧让鸡迁入新居。

可是，看上去高高的栏棚，紧紧的门闩，鸡却一天比一天减少了。毛病出在哪里呢？大家都搞得糊里糊涂。

狮子急了眼，一天晚上悄悄地派出了岗哨。于是当晚就抓住了窃贼，就是那可恶的狐狸。狐狸交代了罪状——虽然那鸡棚各方面都很坚固，谁也休想进得去，可狐狸却做了一个只有他才找得到的拉门。

这故事是说，阴险者会利用人家的信任干损人利己的事。

延伸思考

【语言描写】狐狸终于败露了，狐狸真狡猾，他在设计鸡舍的时候，就已经打算好要偷鸡了，真是居心不良呀！

名家点评

狮子非常信任狐狸，让狐狸为他设计建造鸡舍，而狡猾的狐狸却利用工作之便，为自己偷鸡做好了准备，由此可以看出狐狸的阴险。

拓展训练

1. 狮子找谁帮忙修鸡舍？

2. 狐狸尽心了吗？

3. 最后狮子发现狐狸是什么样的人？

驴子和它的铃铛

名家导读

人们都盼望出名，可出名后又会怎样呢？自由受到限制，人们处处关注自己。文中的驴子就是这样，在出名之后竟然找不到食物吃了。

一个农夫养了一头驴子，这只驴子所做的一切工作，都做得挺好挺好的。它的主人找不到合适的话来称赞它，生怕它在树林里丢失了。于是他在一个晴朗的日子，给驴子系上个铃铛，让它一路上叮叮当当地直响。

我们的驴子骄傲起来了，作出趾高气扬的样子（你要知道，驴子也听说过勋章哩），它已经深切地感觉到，现在它是身价百倍了！驴子得以进入高人一等的阶级，心里欢喜的滋味是复杂而微妙的（对于并非驴子的人们，此中滋味大概也是差不多的。）上铃铛之前，它没有什么怨言可说。它糟蹋燕麦和黑麦，甚至糟蹋菜园，吃饱了的时候，它就悄悄地走了。可是系上了铃铛啊，——实在对不起之至！我们可怜的、出了名的驴子，它还没有走动几步，颈子上的勋章就叮叮当当地响得厉害。不到一分钟，农夫拿着棍子，从

延伸思考

【语言描写】主人给驴子带上铃铛，说明主人很喜爱驴子，生怕弄丢了他，也说明驴子做出了一定的成绩。

燕麦和甘蓝菜的田地里三步并作两步地追上来了。另一家邻居听到了铃声，为了把驴子驱逐出自己的土地，顺手随便捡起什么东西，向它肋骨上直戳过来。

因此，我们可怜的大名人，一到秋天就垮了，终于剩下一身皮包骨，连驴子也做不成了。

延伸思考

【语言描写】驴子因为有了铃铛，所以处处受到人们的关注，包括他偷吃，所以驴子再也吃不到东西，因而剩下皮包骨了。

在社会生活中，正如我们时常看到的，无赖之徒必须对这一点严加注意！当他地位卑微的时候，他可以逃避别人的耳目；但名誉之于无赖正如铃铛之于驴子一样，愈是遐迩闻名，愈是丑态毕露。

名家点评

驴子在自己不引人瞩目的时候，可以为所欲为，一旦成为名人，自由就会受到限制，以至于使他连食物都找不到，终于饿得皮包骨了。

拓展训练

1. 主人为什么给驴子带铃铛？
2. 驴子带着铃铛还能找到食物吗？
3. 最终结果如何？

狼和杜鹃

名家导读

听说过凶恶的狼吗？狼要找一个没有战争的地方，可他残忍的性格却不想改掉，不知道哪里的人们会不会接纳他？

狼跟杜鹃说："再会了，我亲爱的邻居！咳，要说我能在这儿安安逸逸地呆下去，那不过是聊以自慰罢了！人啊，狗啊，都露出了同样的坏脾气，统统都是坏心眼儿的！若要不跟人和野兽打架，至少你得是个圣人才是。"

"那么，邻居，你要出远门吗？哪儿有诚实的人们，哪儿是你想和平融洽地生活的安乐乡呢？"

"呦，我要直接跑到神圣的世外桃源，邻居，那可是乐土！你讲战争——那儿谁也不懂得战争。人们温和得像羊羔一样，河里面流的是牛奶。咳，总而言之，那儿，是黄金时代。那儿，人人像对兄弟一样地照顾他的邻人，据说，甚至狗也白天、黑夜不吠不叫，更不用说永不咬人了。哦，亲爱的朋友，你倒说说看，终于在那样的天下找到安息的地方（哪怕是在梦里），好不甜蜜呀！再会了，彼

延伸思考

【语言描写】凶恶的狼要找一个世外桃源区居住，他认为那里，是和平的地方，没有战争，没有暴力。

此记着好处吧！可不嘛，在那儿，我也可以过着和平满足与愉快的生活，远不像这儿这样，整天四面埋伏着危险，夜里也睡不安枕！”

“那么，我的亲爱的邻居，祝你一路幸福！”杜鹃说道，“不过你的牙齿，还有你那‘好’性格，你也一起带去呢，还是留在这儿？”

“什么！把它们留下？绝无此事！”

延伸思考

【语言描写】说明狼还是要带走他的锐利的牙齿和他凶恶的性格，也就是说他不会改变自己。

“那么，我的朋友，你好生记住我的话！你的皮也会被剥掉的！”

自己的思想愈卑劣，就愈发要挑剔别人的错儿，这样的家伙，不论在哪儿，不论对什么人，他都看不顺眼，首先和大家闹翻的，就是他自己。

名家点评

狼由于作恶多端，经和猎狗的打击常受到，所以要找一个世外桃源居住，他希望那里没有战争，可他不改掉自己凶恶的本性，人们又怎么会欢迎他呢？

拓展训练

1. 狼为什么要搬家？
2. 他要搬到哪里去？
3. 那里的人么会欢迎他吗？

狼和羊

名家导读

当你的权利到侵犯时，你会求助于法庭，羊群也是一样，他们受到狼的侵犯，所以将狼告上法庭，结果怎样呢？

在草原上，生活着一些羊群。但是，他们整天总是提心吊胆的，他们在怕什么呢？

看，这就是羊群担心的，凶恶的狼正在向他们冲来。狼拖着一只只可怜的小羊逃走了。羊群里的羊越来越少了，羊群只好向动物的统治者起诉狼的凶残。

延伸思考

【语言描写】描写了羊群最大的危机就是狼患，凶残的狼每天都会吃掉他们的队员，这让羊群很是不安。

统治者觉得这个问题很严重，就召开了高级官员会议。高级官员们都来了，官员中就有几只是狼。他们开始讨论关于羊的问题。

有一只狼发言说：“我看到狼温和地在羊群前走过，当然，那是在肚子饱的时候。”

另一只狼又发言说：“也可能有坏的狼吧，但我相信大多数狼是好的。”

议论持续了很久，最后，终于形成了这样的一个决

议："凡发现有狼侵犯羊，羊可以掐住狼的脖子，把狼送上森林法庭。"

这个决议马上发到了羊群里。当然，这对羊群来说，应该是一件很好的事情，羊们欢呼着。可是，没过几天，狼又冲到羊群里来，把羊一只只拖走，但总是看不见有哪只羊能掐住狼的脖子，把狼送上法庭。

延伸思考

【语言描写】这些规定看似很公平，可哪只羊能把狼的脖子掐住呢？这实际上还是在维护狼的行为。

名|家|点|评

一群羊面临狼群的侵犯，只得求助于动物最高法庭，可法庭的执行者是几只狼，他们规定羊有权力把狼送上法庭，可羊们又怎能做得到呢？

拓展训练

1. 羊群面临怎样的危机？
2. 法庭是怎样做出决定的？
3. 羊们能做到这个决定吗？

老姑娘

名家导读

人们有时候往往因为自己的优越条件而错过很多机会，看看这位美丽的姑娘吧，因为自己的美丽，而耽误了自己的一生。

有一个姑娘，长得很漂亮，到了结婚的年龄了，想挑一个称心的未婚夫。姑娘的要求很高，未婚夫一定要聪明，诚实，出身高贵，年轻力壮……简直是十全十美的人才。

好在姑娘生得貌美如花，所以出类拔萃的求婚者络绎不绝。

延伸思考

【语言描写】描写了因为姑娘的貌美，所以追求者很多，由此看出姑娘的优势，姑娘仗着这种优势，左挑右捡。

临到她选择时，她却吹毛求疵。“唉呀，这个缺少声望，不行。”“那个么，没有地位，我不要。”“小姐，你看这位怎么样？他出生贵族，又有地位。”有热心人来介绍道。小姐看了一眼：“不行，这人的鼻子太扁了。”就这样，求婚的人都不再登门了。

一年过去了，又是一年过去了。两年后第二批求婚者出现了，可已经是二等人才，越发不招人欢喜。

姑娘生气了："这班蠢材，配得上我吗？我两年前谢绝的，要比他们高明得多呢！"好心人劝她："你再看看吧！"姑娘大发雷霆："难道我会嫁给这些庸夫俗子吗？我随随便便出嫁才丢脸呢！"

于是这批人也走了。听说姑娘这样拒人千里之外，年轻小伙子上门求婚就不积极了。

一年又一年过去。姑娘年纪越来越大。她青春时代的女伴有的早结婚了，有的也快结婚了，没有人再理会她了。镜子毫不掩饰地告诉姑娘，岁月正一点一点偷去她的美丽：红晕消退了，眼睛失去了神采，白发从四面八方逼来，舞会上再也没有那么多人围着她了……对着镜子她问自己："怎么，独身一辈子？不，趁着还没有太衰老，找个终身伴侣吧！"

不久，来了一个残废的男人向她求婚，没多久，她就同意了。

延伸思考

【外貌描写】描写了姑娘已经变老，变得不再美丽，眼睛没了神采，白发也长上了。

名家点评

一位美丽的姑娘因为自己的美丽，而看不上所有的提亲人，因而耽误了自己的一生，最后她也不挑剔了。

拓展训练

1. 姑娘长得怎样？

2. 她的择偶标准怎样？

3. 最后她选择了一个什么样的人？

老农夫和他的长工

名家导读

人们在危急的时候，对自己的恩人感恩戴德，一旦危险过去，就会忘恩负义，胡乱指责，这里的老农夫就是这样一个人。

大祸临头，对救助的人总是万分感激，一旦祸患过去了，往往反过来而责备救助的人，争先恐后地批评他。如果证明不了他有错儿，呀，那才是怪事儿！

老农夫和他的长工，有一天晚上在树林里一路走着，突然迎面来了一只熊。老农夫叫喊不上两声，就被熊钳子似的逮住了。熊把他紧紧地挟住，把他翻过来转过去，把他紧紧地压倒在地上，熊想挑个好地方下手，老农夫命在旦夕。

延伸思考

【动作描写】熊把农夫抓到手里，压在地上，此时情形非常危急，眼看农夫就要丢掉性命。

"斯杰潘，好斯杰潘，别见死不救啊！"从熊的身底下传来他的可怜的求救声。

我们年轻的大力士，运足全身力气，抡起斧子，把熊的半个脑袋劈了下来，又用钢叉刺穿了熊的肚子。熊大叫一声，滚倒在地上，已经半死了。

熊咽了最后一口气，危机过去了，老农夫却把他的救命恩人骂得昏天黑地。可怜的斯杰潘呆呆地站在那儿。

“天哪！这是为什么？”

“蠢材，你还问哪？趁早收了你那傻笑吧！你胡来一通，反把熊皮都毁了！”

延伸思考

【语言描写】描写了得救的农夫只在乎熊的皮子是否完好，而不是在乎自己是怎样得救的，真是一个忘恩负义之人。

名家点评

农夫在外出时，受到熊的侵袭，眼看性命不保，这时他的长工把熊打死救了他，反而遭他一顿埋怨，这就是忘恩负义不看重点的人。

拓展训练

1. 农夫去干什么？
2. 他们遇到了什么？
3. 为什么农夫得救后还埋怨长工？

驴子

名家导读

人的尊严不在于长得如何高大，就拿驴子来说吧，它虽然生得高大，却照样不受人尊重。

上帝创造众生时，让各种族类的野兽投生。而驴子刚刚产生的时候只有白鼬那么大小。

谁也没有去注意这么小小的一个驴子，哪怕擦身路过也不会低头去看一眼。可是驴子生性高傲，大家如此藐视他，他心里很难平衡。看到别的野兽在谈论魁梧的豹呀、狮子呀、象呀，驴子就想：为什么老天爷对我这样冷酷呢？看到光荣榜上牛呀、马呀的大红名字，驴子又想：为什么没有我的名字？为什么谁都不屑提我一声？不过话又说回来，生就这么小不点儿，驴子自己也觉得丢脸。尤其是在和其他野兽一块活动时。驴子开始不断地祷告，要求老天爷让他长得更加庞大。“咳，替我想想吧！”驴子又在祷告了，“如果你让我有牛犊一半高大，全世界就要为我议论纷纷了。”第二天驴子又旧调重弹：“咳，替我想想嘛！”他不厌其烦，旁观者可是忍无可忍了。

延伸思考

【心理描写】描写了驴子的性格，高傲、自尊心强，容不得别人对他的蔑视，但他生得太渺小了。

“咳，就让他得到他想要得到的东西吧，我要使他头脑简单，像个傻瓜。”终于老天爷也讨厌和不耐烦了。

于是，驴子一下变成了牲口中的庞然大物。“啊——哈哈！”驴子得意忘形地大叫起来，一副怪声怪气的嗓子惹得人人浑身起鸡皮疙瘩。“那是什么东西？”“真难听，让人生厌！”驴子不久就成了大家的话柄。不到一年，人人都把驴子看透了，对这么一个尽管庞大，但嫉妒心极强的家伙，不屑理会。结果呢？驴子以绝对的愚蠢闻名，人人把重物压在他的背上。

延伸思考

【语言描写】驴子虽然变得高大了，可没有思想，没有心眼，天长日久，人们看透了他，所以对他照样不放在眼里。

名家点评

最初的驴子很渺小，没有人把它放在眼里，他自尊心很强，它乞求老天爷把它变得高大。上天答应了它的请求，它虽然变高大了，却没脑子，人们依旧没有把它放在眼里。

拓展训练

1. 原来的驴子什么样？
2. 驴子要求上天把他变成什么样？
3. 结果怎样？

小乌鸦

名家导读

有些年轻人由于没出去闯荡过，所以认为自己很是了不起，看看这只小乌鸦吧，他就是这样子，最后被自己的不自量力所害。

一只正在飞行的老鹰，突然向羊群直扑下来，刚掠过地面就攫走了一只羔羊。一只莽撞的初出茅庐的小乌鸦，把这景象看在眼里，这档子事似乎使它很开心。

“如果你真要吃嘛，”它想，“那就吃个饱饱的，不然，又何必弄脏你的嘴巴呢？我看得出来，有些老鹰，无论如何算不得勇敢！嘿，难道羊群里只有小羊羔吗？要是我啊，如果我高兴抢劫的话，我可要找个更加肥美的东西吃吃！”

延伸思考

【语言描写】说明小乌鸦初出茅庐，不知天高地厚，竟然认为老鹰不勇敢，只捡小羊羔吃。

年轻的乌鸦飞上天去，它用贪吃的眼睛俯瞰着羊群。他打量着每一只小羊、每一只母羊、每一只公羊。把它所见到的羊加以比较，它终于挑中了一只公羊，好一只公羊，长得最肥最大的公羊！要把这羊举起来啊，连强健的狼也要唉声叹气。既然选中了目标，它就加一把劲，准备袭击。接着，它往下直冲，用尽全身的力量，抓住公羊的羊毛。啊，这时候它才明白，它的确吃不消这只公羊。而最糟糕的是，使它突发奇想的公羊的皮毛，竟是那么腥臭粗糙，那么错杂纠缠，那么坚硬结实。这只大胆的小鸟又拉又扯地想挣脱它的脚爪，可是没有多久，它就叫喊着认输了！它自己已经成了俘虏！它勇敢的冒险就这样完结了。

延伸思考

【动作描写】无论是动物还是人类，都要量力而行，不要好高骛远，最后把性命搭上。

牧羊人仔细地把它纠缠住的脚爪解放出来，为了防止飞走，就剪除了它的翅膀，将它送给孩子们玩耍。

我以为，这个例子对我们也不是没有用处。小鸟可不要和猛禽竞争！大盗能逍遥法外，小偷可要挨打挨揍。

名家点评

小乌鸦认为自己很勇敢，有不可估量的能力，所以他看不起老鹰的食物，他要抓取更大更美的食物，但结果却被人家给抓住了。

拓展训练

1. 老鹰抓了只什么？
2. 小乌鸦为什么取笑他？
3. 小乌鸦想要抓住谁？

驴子和他的铃铛

名家导读

人人都想出名，可出名会带来很多麻烦，看看文中这头驴子吧，他受到了主人的奖赏，戴上了铃铛，他骄傲了，可从此失去了自由。

一个农夫养了一头驴子。这是一头默默无闻的驴子，不过他倒是很会干活的。

不过，驴子也有一些小缺点，那就是当农夫忘记给他喂食的时候，他会悄悄地走到别的农夫的地里，去偷吃一些麦子和菜。驴子吃饱了，就会悄悄地从地里走掉。他的这个缺点，倒是从来没有被人发现过。

延伸思考

【语言描写】说明驴子做得很隐蔽，没有人能发现他，因为他没有引起人们注意的地方。

有一天，农夫觉得驴子为他干了那么多的活，心里很感激他，就买了一个铃铛，挂在驴子的脖子上。

挂了铃铛的驴子，一下子觉得骄傲起来。他以为自己是一只不同一般的驴子了，能步入驴子的名流之列。这一天，驴子为农夫运砖头，跑了一趟又一趟。等到砖头运完时，驴子差不多累倒了。而农夫也很累，他直接去睡觉，忘了给驴子喂食了。

驴子忽然感到肚子饿起来了。他按照他的老习惯，走到别的农夫的地里，准备去偷吃那里的麦子。

当他正在地里偷吃的时候，他脖子上的铃铛发出了清脆的响声。那些麦子的主人，听到铃声，手里拿着棍棒赶来了，对驴子一阵乱打。南于农夫常常忘了喂食，而驴子因为有了铃铛，再也偷不到东西吃，到了冬天，驴子就瘦得快站不住了。

延伸思考

【语言描写】名人效应果真不一般，你稍微有点风吹草动就会有人知道，这头驴子也是一样，铃铛给他带来了麻烦。

名家点评

平凡的驴子平淡的生活着，他的缺点不为人知，包括他偷吃，都没有人发现。可后来主人为了奖赏他，给他戴上了铃铛，受到了人们的关注，从此他失去了自由。

拓展训练

1. 驴子有什么缺点？
2. 为什么没有人发现他的缺点？
3. 主人为什么给他带铃铛？

狼和猫

名家导读

恶人是不会受到保护的，因为它伤害了大家的利益，就像狼一样，人们早就对它深恶痛绝，所以它必死无疑。

狼从树林里冲出来，经过村庄。——它不是在散步，恐惧使它加快脚步。为了保全性命，它惶恐地奔跑，猎人和大群猎狗在后面紧紧地追上来了。

延伸思考

【动作描写】狼仓皇逃跑的样子，说明它一定是在躲避什么，果然是猎人和猎狗在追逐它。

它本来想随便溜进哪一家去躲藏——能够这样，它就蛮高兴了。然而，困难的是家家户户的门都关着。它看见一只猫躲在院子的篱笆上，就向猫哀求道：

“亲爱的伐丝卡，请你告诉我，这儿的农夫数谁最和善，谁肯搭救我，让我躲避凶恶的敌人？糟了！你听听那可怕的号角声，那汪汪的狗叫声，它们都是在追我呀！”

“如果我是你，我就去求斯杰潘，再也没有比他更和善的人了。是的，斯杰潘一定会大大帮忙的！”

“是吗？可是我以前偷过他一只羊。”

“那么到杰米扬那儿去试试看。”

“恐怕杰米扬也要跟我生气，好久以前我逮过他的一只山羊。

“那么，赶快到隔壁的特罗菲姆那儿去吧。”

“到特罗菲姆那儿去？不！我不敢去，我碰到他就要发抖。咳，自从去年春天以来，他一直在逼我还他的小羊羔呢。”

“那真是糟了！可是，且慢！你不妨到克里姆那儿去碰碰运气看。”

“唉，伐丝卡，我拿过克里姆的牛，而且把牛吃掉了。”

“这样看起来，我的朋友，没有一家你不曾得罪过，”伐丝卡对颤抖着的狼说道。“可不吗？你在这儿大概是不会得到保护的了！不，我们的农夫，头脑绝不会这样地糊涂，他们不会搭救了你却害了自己的，他们何苦来呢？你该责备你自己。种瓜得瓜，种豆得豆，你做了恶事，就得收恶果！”

延伸思考

【语言描写】猫根据狼的叙述得知它做尽了坏事，使得周围的村民都很痛恶它，所以说它不会得到保护的。

名家点评

狼做尽坏事，猎人和猎狗要为民除害，吓得狼仓皇逃跑，它求救与猫，可猫分析它伤害了所有的农夫，所以没人去保护它。

拓展训练

1. 狼为什么逃跑？

2. 猎人为什么要追赶它？

3. 有人会救它吗？

大富翁和鞋匠

名家导读

你们说是不是有钱就快乐？看看这个大富翁和穷鞋匠吧，他们谁过得更快乐？

在华丽的邸宅里住着一个大富翁，他的食物又精美，又珍贵，桌子上天天摆的是酒席，他的金银财宝数也数不清，名贵的糖果和珍品享用不尽，简直不妨说他的家是地上的天堂。然而这些奢华的享受都是白费：大富翁晚上睡不成觉。也许他是害怕上帝严厉威严的审判，也许他只不过是担心破产，不管怎么样吧，缺少睡眠简直把他毁了。碰巧早晨能打上个瞌睡吧，又有迫切的困难——隔壁人家传过来的音乐。

延伸思考

【对比描写】富翁奢华的生活，却不能尽情享受，因为他常常失眠，这就是他的美中不足。

隔壁住着一个穷苦的鞋匠，是个爱笑爱唱的家伙，他从早到晚，又从晚上直到深夜，唱歌没完没了。所以可怜的大富翁从来没有片刻的安宁。难道没有办法？没人能叫他不唱？或者他设法儿使他不唱？禁止唱歌吗？谁都明白，那可不成！他请求过，可是请求也没有用处。他想来想去，接着就送去一封便函，请鞋匠来做个短短的谈话。鞋匠来了。

延伸思考

【语言描写】穷鞋匠虽然生活贫穷，但精神富裕，他乐观开朗，知足常乐，他对上天赐予他的一切都感到满足。

延伸思考

【动作描写】描写了穷鞋匠也是爱财之人，看到这么多金钱，他的贪念来了，他拿起钱飞快地跑了。

“哦，可敬的人，您好吗？”

“多谢，我向你请安。”

“老兄，日子过得怎么样！我的克里姆，买卖好吗？”（说不定我要求你帮助，所以我打听到了你的名字。）

“我的买卖吗？还不错。”

“那么，这就是你整天笑啊唱啊的缘故了。我想你的生活一定一帆风顺吧？”

“我不愿意叫苦连天，叫苦连天就是不识羞。我有许多不错的活儿可做，我有一个年轻漂亮的可爱的老婆。人人都知道，家里有一个好老婆，生活就加倍地愉快。”

“你也很能赚钱吗？”

“不，可是虽然我攒不下钱，却也省掉不少心思和麻烦。”

“那么你就不想看到你的家业兴旺吗？”

“我说的可完全不是这个意思。虽然我为目前的景况感谢上帝，但是，先生，你自己也明白，人活着总想得到更多的东西，这不过是人的天性。我敢说，你自己还是觉得你的财富太少。说到我呢，发点儿财倒也无妨。”

“说得好，我的朋友，你说得有理，虽然大富翁的生活也有不如意的地方，虽然我们知道贫穷也不是什么罪过，可是不管你怎样安贫乐道，钱财总是有它的用处的。请你收了这一口袋的现钱！我喜欢你的诚实，如果你能够靠我的帮助而发家致富，我会十分高兴。可是你得注意！全部金钱你一定不要浪费。留神啊，要留着它以备不时之需。这是五十块金洋，就放在口袋里。再见！”

我们的鞋匠好不喜欢，拿起钱袋就不见了人影儿了，他简直不是跑，而是飞出去的！他把钱袋紧紧的藏在外套

里边，当天夜里就把它埋在地板底下——他的一切快乐也一块儿给埋了。从此再也没有什么歌唱，他的睡眠完全消失了——他也整夜合不上眼，什么都让他心惊肉跳，一点儿声音他也害怕，如果猫儿抓抓地板，他就断定是盗贼在掘壁洞了，他立刻浑身发冷，从床上直跳起来竖起耳朵细听！

延伸思考

【动作描写】描写了穷鞋匠因为担心钱财被盗，所以也像富翁一样睡不好觉，钱财使他失去了快乐。

他的生活现在就那么毁了，他本人也很可能一蹶不振，他整天想了又想，终于想到了他的出路。他拿了钱袋，找到他的恩人：

"我很感谢你的馈赠，"他赶紧说道，"你的钱袋在这儿。我请求你，请你把它收回去吧！它让我知道财富是怎么一回事儿：就是叫我睡不成觉。随你的心意享受你自己的财富吧。因为财富而丢掉歌唱，丢掉睡眠，哪怕给我一百万金元我也不要！"

名家点评

富翁什么都不缺，但却生活得不快乐，他睡不着觉，而隔壁的穷鞋匠却每天快乐的歌唱，富翁就给了穷鞋匠一笔钱，从此鞋匠也失去了快乐，他担心钱财被盗而无法入眠，看来钱多并不是好事。

拓展训练

1. 富翁生活的快乐吗？
2. 鞋匠为什么会天天唱歌？
3. 鞋匠得到了那笔钱以后还快乐吗

一个遭遇不幸的农夫

名家导读

当一个人还有用时，亲戚朋友们都会趋炎附势，可当他遭遇不幸时，这些人便会躲得远远地。

秋天夜里，一个贼爬进一家农夫的围墙，他打开储藏室，把四壁之内、天花板下面、地板上面的各式各样值得偷的东西都偷走了，窃贼们可并不挑剔，他们总是席卷一空！说到我们的农夫，他睡下去时还是十分富裕，一觉醒来时便十分贫穷，他简直要挨家挨户地去要饭！但愿上帝让我们不至于一觉醒来遭遇这样残酷的浩劫！

延伸思考

【语言描写】不幸的农夫因为窃贼的偷窃，而变得一贫如洗，他的财物被窃贼一洗而光，他只得去要饭生存。

可怜的农夫，他整天闷闷不乐唉声叹气，他把他的亲戚朋友和邻居统统请到了自己的家里。

“我遭到这样的困难，”他说，“诸位能不能慷慨帮助？”

于是，客人们就大发高论，每个人的忠告都是很有道理。

“我的可怜的朋友，我的可敬的朋友，”老张作了一番演说，“你不该对全城的人吹牛，不该夸口自己的财富！”

堂兄弟小王插嘴道："以后，老兄，你得放聪明点儿，把储藏室造得和住宅靠近点儿。"

"储藏室吗？你可是牛头不对马嘴了，"邻居老李反驳道，"绝不是储藏室离得太远的缘故，而是你应该养几条凶狗！你到我家里来，我给你挑选一头小狗！你知道，就是老黑狗生的那一窝里的一头。我乐意割爱——为什么不帮朋友的忙呢？我又何必一定把它们溺死呢？"

总而言之，忠告是不花钱的，亲戚朋友都给了他千言万语，实际的帮助呢，可怜的农夫却一点也没有得到。

世间的事往往如此。你遇到困难，把朋友们找来，把厄运说一遍，你就可以得到温和的、直率的忠告，可是你一提起积极的实际援助——你刚一开口，你的最好的最亲密的朋友就装聋作哑了。

延伸思考

【语言描写】人们总是在朋友需要帮助的时候，口头上表明的很真诚，可并不付诸实际行动，这就是虚伪的人们。

名家点评

农夫被盗了，变得一贫如洗，他求救于亲戚朋友，可人人都给了最诚恳的忠告，但没有人拿出实际行动来救助他，人心难测呀！

拓展训练

1. 农夫遭遇了什么不幸？
2. 他求助于谁？
3. 他们给予他帮助了吗？

梭子鱼和猫

名家导读

人们应该在自己的岗位上认真履行自己的职责，不要这山望着那山高，那样会一事无成，看看这条梭子鱼吧，它就是不安于自己的行业，结果受到了教训。

有一天，牙齿尖利的梭子鱼突然想到：我要是能跟猫一样，逮几只老鼠，那该多好啊！

不知他是鬼使神差生了妄想，还是因为吃腻了鱼，他跑去见猫了。“你安排一次捕猎，带我一起去吧。”他说。“行！不过那个行业可得学习啊！”猫友善地说，“你可得留神，不然会遭殃的。”听了这话，梭子鱼有点不高兴：“你这是什么话呀，我连棘鱼都逮住了，哪能没有办法对付老鼠。”“那么走吧，但愿大吉大利！”猫说完，带梭子鱼去了仓库，而自己却在外面守候着。

延伸思考

【语言神态描写】描写了梭子鱼对于抓老鼠这件事很是不屑一顾，它认为自己很了不起。

猫儿在外面玩够了吃够了，想起来应该去瞧瞧梭子鱼是否平安无恙。

猫进去了，只见梭子鱼躺在地上，脸色苍白，嘴巴半张，眼睛肿胀。“啊，你怎么啦？”猫吃惊地问。“老鼠把我的尾巴吃掉了。”梭子鱼有气无力地说，那样子好像活不了了。看到他的同伴胜任不了这样的工作，猫叹了口气，只好把半死不活的梭子鱼拖回池塘里去。

到了池塘里，梭子鱼好像有了点精神，他皱着眉头说：“啊，谢谢你！哎哟，我的尾巴疼死了！”

“活该！”猫说，“说不定你现在才明白这是个行业吧，我希望你以后聪明点，逮老鼠的事还是让我来吧。”

延伸思考

【语言描写】无论做很什么，要认真履行自己的职责，不得三心二意，并不是人人都能胜任所有工作的。

名家点评

梭子鱼认为自己很了不起，它要换换口味，去逮几只老鼠吃，猫答应了它的请求，带他到仓库，结果梭子鱼竟然被老鼠咬掉了尾巴。

拓展训练

1. 梭子鱼为什么想要换换行业?

2. 猫答应了子鱼的请求吗?

3. 结果怎样?

主人和老鼠

名家导读

有些人的做法是，宁杀一千，不错一个。这样会失去大家对自己的信任，会招来更大的麻烦。

如果开始丢失了东西，却又找不到什么痕迹，不要把你跟前的人见一个骂一个，也不要不分青红皂白地统统加以处罚。这样的做法，贼骨头不会歇手不偷，也不会改过自新，只不过闹一个众叛亲离，反而由小不幸变为大灾难。

延伸思考

【语言描写】无论做什么事请，都要有证据，不要把所有人都怀疑，这样会引起公愤，造成不必要的损失。

一个贩卖各式各样食物的人，盖了一个仓库，储藏他的各种货物。因为老鼠偷吃仓库里的东西，他组织了一个猫的警察局，里面都是久经训练的捕鼠好手。现在老鼠不出来骚扰了，警察日夜在仓库里巡逻。

仿佛一切平安无事的时候，却出了乱子：有一个窃贼就在警察局里。因为猫儿就跟我们人类一样，你岂能要求过高？即使是当警察总监的猫儿也未必没有毛病。

逮住贼骨头，那就是首要的事情！然后，仅仅责罚贼骨头，对其他的人要和和气气。我们的商人的办法却是这样——要把所有的猫儿，一只只的加以鞭打！一听到他这

样令人费解的判决，所有的猫儿，不论有罪无罪，都从仓库里溜出去了，没有留下一只来捕捉老鼠。

这正好是老鼠们所期待和渴望的：根本没有猫儿，食物倒是不少。不到一个月，老鼠就把仓库里的所有食物吃光了。

延伸思考

【语言描写】贼没抓到，把猫们都吓跑了，反而招来了老鼠，损失更大了，这岂不是得不偿失。

名家点评

对待事情要找证据，不要胡子眉毛一把抓，让人们没有安全感，就不会更好地为你服务，故事中的主人公就是这样，吓跑了猫儿，引来了鼠患。

拓展训练

1. 主人让谁抓老鼠？
2. 老鼠们消灭了吗？
3. 猫儿们又出现了贼偷吗？

马和骑士

名家导读

没有规矩不成方圆，一匹没有约束的马儿，没有了目的，肆无忌惮的疯跑，结果会怎样呢？

一个骑士，对他的马儿进行了彻底地训练，使他可以随心所欲地使唤它。只要骑士一扬马鞭，马儿就乖乖地听他支配，而且骑士说的话，马儿句句听得明白。

骑士对他的马儿十分满意："给这样的马加上缰绳是多余的。"他想。有一天骑马出去时，骑士就把缰绳解掉了。马儿在原野上飞跑，开始还不算太快，它仰着头抖动着马鬃，雄赳赳地跑着，仿佛是要使它的主人高兴似的。但当它知道什么束缚也没有时，就越发大胆了。它再也不听主人的叱责，越来越快地飞驰过原野。

延伸思考

【心理描写】骑士对自己的马过于放心，他认为自己的马已经训练的出神入化了，所以他十分放心。

不幸的骑士毫无办法控制马儿，这时再想把缰绳重新套上也办不到了。

完全无拘无束的马儿一路狂奔着，连蹦带跳，竟把骑士摔下马来。马儿不停息地往前直冲，什么也看不见，什么方向也辨不出，一股劲儿冲下深谷，摔了个粉身碎骨。

跟在马儿后面的骑士紧赶紧追，大声叫唤，然而却毫无作用，眼睁睁地看着他的马儿堕入深谷。骑士好不伤心！骑士趴在深谷边，伤心落泪。“我的可怜的马儿啊！”他说，“如果我不解掉缰绳，你就决不会落得这样凄惨的下场！”

延伸思考

【动作描写】描写了马儿没有了束缚，完全不知道方向，不知道危险，所以走向深渊。

名家点评

一匹没有约束的马儿，肆无忌惮，无拘无束，漫无目的的奔跑，以至于跑向深渊，摔得粉身碎骨。

拓展训练

1. 主人为什么把马儿的缰绳去掉？
2. 去掉缰绳的马儿怎样了？
3. 这个故事告诉我们什么道理？

蚂蚁大力士

名家导读

人人都有骄傲的时候，总以为自己最了不起，看看这只小蚂蚁吧，它想引起人们的注意，可谁又看得见一只蚂蚁呢？

有一只蚂蚁，真是力大无比，从古至今找不出第二只来。

他能毫不费力地背上两颗麦粒，似乎有取之不尽，用之不竭的力量。蚂蚁的勇气也是空前的，他能一口咬住蛆虫，并像老虎钳似的死死缠住他。对他来说，单枪匹马和一只蜘蛛战斗，那是常有的事。在蚂蚁的家族内，他是家喻户晓的英雄，蚂蚁都为他而感到自豪，把他作为谈话的内容，赋予他过多的赞誉之词。蚂蚁大力士也乐意听这些好话，赞美之词从耳朵里一直钻到他心里去，他变得越来越狂妄自大。

延伸思考

【心理描写】谁都爱听好话，蚂蚁大力士也爱听赞美，别人的夸赞之词使他骄傲，变得狂妄自大。

蚂蚁要去大城市，显显自己的本事。“让城里人大吃一惊，睁眼瞧瞧我是谁。”他搭坐一辆运干草的车子，坐在草堆的顶上，像大王似的向城里进发。在车上，他想象：

他的出现，会使整个城市像开水般地沸腾起来，人们会从四面八方来一睹这位大力士的风采。可到了城里，大家根本没注意到他，人们都在忙着干自己的事情。蚂蚁大力士想引人们来注意他，就用力把一片树叶拖来拖去，想以此来显示他力大无比。他又机灵地翻跟斗，敏捷地跳跃，从没像今天这般卖劲过。蚂蚁的武艺都用尽了，还是没人注意，他心里很不是滋味。他见一辆货车停在路上，就在车旁蹲了下来。恰好，货车旁有一只猫也蹲在那儿。蚂蚁对猫发起怨言来："难道城里人都是糊涂和盲目的吗？怎么不知道欣赏蚂蚁大王的武艺呢？如果你到我那儿去，你就知道，我是赫赫有名的大王。"蚂蚁说。可是，猫还没有听完蚂蚁的话，就睡着了。直到那天回家时，蚂蚁才领悟到一些东西，脑子略微变得清醒了些。

延伸思考

【语言描写】说明了蚂蚁的渺小，没人会注意到一只小小的蚂蚁，尽管它是大力士，但它毕竟是一只蚂蚁。

名家点评

一只认为自己很了不起的蚂蚁大力士，它听惯蚂蚁们对它的赞美之词，所以想到外面去显示自己的本领，可谁又会把它放在眼里呢？

拓展训练

1. 蚂蚁大力士有什么本领？

2. 蚂蚁们对它有什么看法？

3. 蚂蚁大力士来到外面的世界，人们对它有什么看法？

猫和厨子

名家导读

对待违反纪律的人，要采取不同的制裁方法，不要一味的批评教育，这种方法有时是不起作用的。

延伸思考

【语言描写】厨子非常相信他的猫儿，他认为猫儿是最诚实的，所以让它来看守食物，殊不知，猫儿也是馋嘴的。

一天晚上，有一个读书识字的厨子，从厨房跑到附近转角上一家酒店里去，他是个热心肠的好人，一心一意地上那儿去追悼亡友。他留下他的猫儿来看守大批食物，防备猖獗的老鼠偷东摸西。

可是他一回到家里，看见什么情况呢？地板上一片狼藉，到处是吃剩的糕饼，猫儿蹲在一旁，躲在醋坛子附近，正在咪呜咪呜地把一只小鸡撕来吃哩。

"嘿，嘿！你这个馋嘴的东西，"厨子怒喝道。"你这个混蛋，就在这个屋子里，当着我这样诚实的人面前，你竟吃起来了，你的良心上过得去吗？"

（猫儿始终忙着吃鸡。）

"你，你也这样？你这样难得的好猫，过去我还拿你的良好行为当作全街的模范哩，你，你竟然堕落到这样叫人痛心的地步！现在挨家挨户的都要说了：它是个骗子，是个贼！不光不让它进厨房，而且一定不让它进院子，就像不让贪得无厌的狼闯进羊群一样！它真该死，它是败类，它比瘟疫还要糟糕！”

（猫儿一边儿听，一边儿惬惬意意地吃鸡。）

厨子仍旧滔滔不绝地说话，仿佛他的责备永远没有个完似的，可是他还没有说完，猫儿却已经把鸡吃完了。

延伸思考

【语言描写】真是个啰唆的厨子，他想用自己的责备使猫儿改过自新，可猫儿是不会听他的唠叨的。

碰到这样的厨子，我一定要对他说道：“在你的厨房的墙壁上写着：绝对不说空话，因为猫儿是不应该用空话来管教的。”

名家点评

一个啰唆的厨子十分信任自己的猫儿，让它来看守食物，结果猫儿把一切都吃了个精光，厨子只是用自己的唠叨来教训猫儿，可猫哪里会听得进去，对待猫儿要用暴力制服才行。

拓展训练

1. 厨子让谁来看守食物？
2. 猫儿是不是尽职的看守？
3. 厨子是怎样对待偷食的猫儿的？

老人和三个花花公子

名家导读

人们要趁着年轻多做些有意义的事，而不是游手好闲，浪费生命。这样还不如文中的老人，他的人生是充实的。

延伸思考

【语言描写】三个年轻人不理解老人为什么在晚年要种树，他们认为老人自己看不到自己种树的结果。

一个善良的老人看打算种植一棵树木。

“盖房子，——倒还可以理解，在风烛残年的时候种植树木，可真是莫名其妙！”三个年轻人，当地的花花公子，就这样冒失地当面嘲笑老人道。“如果你想看到你一手培植的结果，你就得活上一二百年！你好像自以为能胜过老寿星似的！老大爷，你为什么不把它放弃呢？这种长远之计的工作，对你是不合适的。你能再活几个时辰，已经是运道好的了。如果是我们计划呢，那倒犹有可说！我们年轻力壮，我们的人生是广阔而美丽的；可是你啊，我们的可怜的年老的朋友，你是已经一只脚踩在坟墓里的了。”

“我的朋友们，”老人说道（他的声调谦恭而且温和），“我从小就劳动，对于我所从事工作，如果我所追求的不仅是我个人的利益，那么，工作的愉快就丝毫无损。一个善良的人应该为别人而工作，当我种这棵树的时候，我所引为快慰的是：即使我不能活着瞧着它枝繁叶茂，只要我的

延伸思考

【语言描写】老人说出了自己无私的愿望，他种树不是为了自己，而是为了后代子孙，为人民造福。

孙子有一天可以在树荫下休息，我就于愿足矣！而且，我们究竟能不能预测我们的命运，或者断定我们之中哪一个活得长久些呢？难道青春和力量，或者漂亮的脸蛋儿，就逃得了阎王爷冷酷的照顾吗？唉，在我的老年时期，我已经送走了多少美丽而甜蜜的姑娘和漂亮而强壮的少年！谁料得到呢？你们自己的生命的最后一刻也许就在眼前，说不定潮湿而寒冷的大地，首先要埋葬的正是你们呢。”

事情的演变，果然像老人所说的那样：第一个花花公子，为了赚钱，经营着海上的买卖，起初他的冒险似乎透着点儿好运道的光芒，随后船的四周呼啸着风暴，茫茫大海吞没了残破的船和残破的希望。第二个花花公子在奢华的地方消磨着他的光阴，在那儿沾染了各式各样恶习，骄奔淫逸、纵欲放荡，不加节制，他先浪费掉了他的健康，然后浪费掉了他的生命。第三个花花公子在大热天吃了一块冰，病了，他的朋友们请了聪明的医生来诊治，医生不久就把他送进了坟墓。听到这三个人的遭遇时，我们善良的老人为他们的命运痛哭了一场。

延伸思考

【语言描写】真是生死簿无老少，青春年少无所作为，还不如一位老年人活得有意义，所以老人为他们的死感到痛惜。

名家点评

生命的价值不在于青春年少还是风烛残年，只要你对社会对人类有贡献，你的生命就是有价值的，就像这位老人一样。

拓展训练

1. 几个年轻人为什么嘲笑老人？

2. 老人是怎么看待自己种树的？

3. 老人为什么为几位年轻人的遭遇感到悲痛？

狮子和蚊子

名家导读

在生活中，不要小看你任何一个人，谁都有自己的长处，它会用它的长处战胜你的短处。

要和气对待弱者，要把欺凌弱者看作丢人的事，弱者的报复常常十分厉害，所以不要妄自尊大，不要以为威力就是一切。

我有一个故事要讲给你听——蚊子怎样压倒了狮子的气焰。据人家告诉我，故事是这样的：

狮子对蚊子摆出冷冰冰的轻蔑的态度。蚊子满肚子气愤，忍无可忍，武装起来，冲出去拼命。它是武士也是号手，它用足气力吹起号角，它向它的敌人挑战，要和它拼个你死我活。

延伸思考

【神态描写】强大的狮子怎么会把蚊子放在眼中呢？蚊子在他眼中，是微不足道的。

狮子哈哈大笑，然而蚊子可不是开玩笑。我们的蚊子在狮子的背上、眼睛上和耳朵上直叮直咬。他看准地方，找准机会，像老鹰似的猛扑下来，在狮子的背上猛刺猛螫。狮子抖动身体，用尾巴甩打它的敌人。蚊子却非常灵活，而且一身是胆，不知道害怕。它躲在狮子的额角上又吸又吮，快吸到脑子了。狮子晃着脑袋，抖着鬃毛。我们的英雄仍旧猛冲猛打，一忽儿钻进狮子的鼻孔，一忽儿咬狮子的耳朵。

狮子咒骂开了，它的吼声好不可怕！它咬牙切齿，嘴里冒着泡沫，它用它的爪子在地上乱抓乱爬。听到可怕的吼声，周围的森林震动起来了，野兽们吓得魂不附体，它们诚惶诚恐，躲的躲，逃的逃，争先恐后地飞奔快跑，好像遭遇了洪水或是火灾。——然而搞得大家这样惊慌失措的是谁呢？原来是一只蚊子！

延伸思考

【语言描写】强大的狮子终于敌不过小小的蚊子，只好低声小气的求和，所以说不要轻视任何一个人，谁都有自己的长处。

狮子的气也消了，它的疯狂的挣扎也停止了，它倒在地上向蚊子求和。蚊子已经报过仇泄过愤，也就按下怒气讲和。

蚊子要飞到森林中去宣扬自己的胜利了，蚊子刚才扮演的是英雄好汉，现在可要扮演歌颂英雄好汉的大诗人了。

名家点评

狮子不把蚊子放在眼中，在他眼里，蚊子是微不足道的。蚊子很气愤，它要和狮子决一高低。蚊子虽小，但非常灵活，最后狮子竟然倒地求饶。

拓展训练

1. 狮子为什么不把蚊子放在眼中？

2. 蚊子打败狮子了吗？

3. 故事告诉我们什么道理？

狮大王的床

名家导读

有些人利用职权之便，自己获取和更大的利益，这就是这些奸诈的贵族们，看看这些贵族们是怎样达到自己的目的的。

狮大王越来越老了，他觉得睡在石头做的床上，又冷又硬，很不舒服。

狮大王召集了森林里的贵族来开会，商量这个问题怎么解决。狮大王对大家说："我老了，你们去给我弄点毛来做个垫子吧。"

贵族们开始发言了，狼说："我们把自己的皮毛贡献给您，是很应该的。"

熊说："是啊，可是您看那些羊和鹿，他们从来没有向您贡献过什么，应该向他们去征集一批皮毛。"

虎说："对，他们一定会很高兴效劳的。把他们的皮毛捐献出来，他们还会感到轻松呢。"

狮大王说："你们真是我的忠实的贵族，就这么办吧。"

于是，狼、熊、虎分头行动了。他们去捉那些可怜的

延伸思考

【语言描写】狮子大王听信了狼、熊、虎的谗言，上了他们的当，他要羊和鹿贡献自己的皮毛。

动物，剥掉他们的皮，拔光他们的毛。没过多久，狼、熊和虎都带着大量的皮毛，到狮大王那里去。现在，狮大王的床再也不会又冷又硬了。狮大王说：“谢谢你们，我忠诚的贵族们！”贵族们回到了自己的家里，他们的床上，也早已有了比狮大王还要厚的垫子。

延伸思考

【语言描写】这些奸诈的贵族，借着狮子大王的命令，中饱私囊，它们把自己的床铺的比狮子的还要舒服。

名家点评

狼、熊、虎借着狮子大王的命令，向羊和鹿征集皮毛，结果他们获得的皮毛比大王的还要多，这就是这些狡猾的贵族们，利用职权中饱私囊。

拓展训练

1. 狮子大王和贵族们商量什么事？
2. 贵族们出了什么主意？
3. 这些贵族们把所有的皮毛都交给狮子了吗？

狮子和豹子

名家导读

谁的心中都有一个小算盘，他们都围绕着自己的利益做打算，请看狮子和豹子是怎么做的吧！

很久很久以前，狮子和豹子老是打架厮杀。

“这个洞窟是我先占的！”“那片树林早就归我所有了！”就是为了这些个洞窟、树林、丛莽，他们没完没了地吵架。他们不论谁是谁非，都用谈判解决争端。“狮子，你赢了，这个洞窟归你了。”豹子说完，自动让开了。狮子尽管赢了，可到了晚上，他一看自己的脚爪，嗨，爪尖都快磨秃了，心里并不高兴。“再也不能天天打架了。”狮子想，他决心找豹子谈谈。没想到豹子先登门拜访来了。“狮子，我想我们该停止一切敌对行动，解决一切争端了。”他诚恳地说。“好！”狮子一口答应了。“那我们就缔结和约吧。”英雄双方决定结束战争，直到下一回重新打架的时候。“我想，大家派一个秘书……”豹子向狮子建议。“可以。”狮子同意了。“可是派谁呢？”“比如说猫吧，”豹子说，“他一点架子也没有，很讲道理，他就是我所挑选的秘

延伸思考

【语言描写】狮子用武力得来了洞窟，可是为了这洞窟，狮子已是遍体鳞伤，痛苦不已，所以它决定不能打仗了。

书。”“那么我呢？”狮子皱皱眉头暗自想着。豹子见狮子不吭声，热情地推荐道：“你不妨挑选驴子．他是高等野兽啊！”狮子哼了一声，豹子以为狮子感兴趣，接着说：“我的话是可靠的，以后驴子跟猫谈判好了，我俩就来共同批准。”狮子觉得豹子的计划不错，然而不能让驴子当秘书。他突然想起狐狸，对，应该让狐狸替他参加这场谈判。狮子精通世故，他微笑着对豹子说出了这个决定，心里却想着：你的敌人推荐的朋友，对你能有多大用处呢？

延伸思考

【语言描写】狮子是不会相信豹子的，它精通世故，见多识广，它要用足智多谋的狐狸来做代表。

名家点评

狮子和豹子经常因为占地起战争，常常打得遍体鳞伤，所以他们要和解，用和平的方式来解决问题，他们各自找出代表，豹子让猫做代表，而狮子更是胸有成竹，让狐狸做它的代表，他们各自都有自己的小算盘。

拓展训练

1. 狮子和豹子因为什么起战争？

2. 他们为什么要和解？

3. 他们各自找谁做谈判代表？

兽类的瘟疫

名家导读

有些罪大恶极的家伙往往逃脱罪责，而找一些无辜的对象来代替，而那些无辜的对象往往是一些弱者。

瘟疫在森林中到处蔓延，这是上天最可怕的惩罚，自然界最厉害的疾病，走兽们为此惊心丧胆。

走兽纷纷倒地死亡，好像割草机驶过后倒下的野草。地狱的门好像大开了，死神在原野、沟壑和高山上奔驰。侥幸活下来的走兽也都奄奄一息了。遭到这样的苦难，谁都变得意气消沉。狼温顺得像和尚一样，因此羊得以平安无恙；狐狸躲在可怕的洞穴里吃素食，实在没有心情大吃大嚼，因此鸡开始高枕无忧；鸽子和他的伴侣也不再亲呢，因为他们的心情怎么也快乐不起来。

延伸思考

【夸张写法】描写了瘟疫的威力，它让所有动物倒地死亡，而且无可救药，这种瘟疫真是太可怕了。

狮子大王在这紧急的关头决定召开庄严的会议。

野兽们拖着沉重的脚步，无精打采地硬撑着来到了会场。他们默默地围着狮王，连一句致敬道好的话也没有，竖起耳朵，想听听狮王讲什么。狮王开口道："不可饶恕的罪孽冒犯了上天，所以我们中间谁罪大恶极，谁就自愿献身作为天神的祭品吧！”大家的心都提了起来，谁愿意做牺牲品去讨得上天的欢心呢？狮王又说：“我承认我也有罪，把小羊羔撕成碎片，但最好大家都说一下，把罪大恶极的做祭品，才能使天神更满意。”

“大王！”狐狸说，“你心地高贵，这样的事算不得罪孽。假使都按良心办事，我们都只好饿死了。”

没等老奸巨猾的狐狸说完，更多阿谀拍马的家伙都叫嚷起来：“是啊，大王是清白的呀，哪里还需要赎罪啊！”

“我认为，”狐狸示意大家安静，朗声说，“亲爱的大王肯赏光吃羊羔，应该说是羊羔的无上光荣！”

“是这么回事！”

“狐狸说得太好了！”

那些家伙附和着，争先恐后地发议论。

老虎、熊、狼，挨个儿地当众承认有点小毛病，但关于他们自己为非作歹的事，谁也不提，谁也不注意。就这样，所有利爪锐齿的猛兽都逃过了审判的关头，他们不但处处理直气壮，而且几乎是道貌岸然了。

延伸思考

【语言描写】这些罪大恶极的家伙，却用巧妙的语言，推脱自己的罪行，躲过了大家的审判，真是道貌岸然。

挨到牯牛了，它说：“五年前，我吃光了冬天的食料，挨饿了，最后，实在忍不住吃了牧师干草堆上的一小束草料。”

猛兽们突然咆哮起来’，牯牛莫名其妙，不知发生了什么事，吓得浑身哆嗦。熊、老虎和狼大声嚷嚷起来：“瞧，这可是个坏蛋！偷吃人家的干草！怪不得上天要来惩罚我们了！”

“而且是牧师的干草！”狐狸尖叫道，“这可是圣物呀！不敬的家伙！就因为他犯了罪，害得我们瘟死了一多半！”

“那就把它献给天神吧！”猛兽们喊道，“以便拯救我们的生命，洗净我们灵魂的罪孽，这样天公地道！”

“我只是吃了一小束草料，”牯牛做梦也没有想到结果竟然会是这样的，叫屈道，“我可谁也没有伤害啊！狮王！”

狮王避开了牯牛投过来的哀求的目光，冷冷地说：“把他献给天神，的确天公地道。”于是牯牛被拉出去，做了牺牲品。

延伸思考

【语言动作描写】无辜的牯牛就这样被这些丧心病狂的家伙定了罪，牯牛辩解无门，求饶无处。

名家点评

上天的瘟疫使得动物们大批的死亡，狮王只好要用其中罪大恶极的动物祭天，以赎罪求平安，可那些锐牙利齿的动物们却狡辩着躲过了审判，无辜的牯牛因为吃了牧师的一束稻草而获罪。

拓展训练

1. 瘟疫使得动物们怎么样了？

2. 狮王决定怎样？

3. 牯牛被判什么刑？

鹰和蜘蛛

名家导读

有些人攀权富贵，以为找到了靠山，自己就高大起来，殊不知，高处自有危险，是很难保全自己的。

老鹰飞到高加索山脉最高峰上，它栖息在山上的一棵老朽的杉树上，欣赏着展开在它眼底的景色！它在那儿仿佛看到了全世界的边缘，远处有曲曲折折的河流蜿蜒着穿过草原；稍近，广大的森林和牧场尽量透出了春天的绚烂；更加遥远的是里海的怒涛，乌沉沉地贴在天边上，像是大乌鸦的翅膀。

“主宰天地的宙斯啊，众生都为你的大智大慧而欢呼，你给了我这么大的力量，使得我能够要飞多高就飞多高，”鹰衷心感谢道，“而且让我飞到一般的鹰飞不到的地方，俯瞰全世界一切的美丽景象。”

延伸思考

【语言描写】鹰感到自己能飞这高很是骄傲，它认为没有比它飞得更高的动物了，所以它感谢上天。

“天啊！世界上竟有这样吹牛夸口的家伙吗？”一只蜘蛛躲在上边儿一条小枝丫上这样插口道，“喂，伙计！我坐在这儿，可不比你低啊！你得承认吧？”

鹰向那边儿瞧去。上面，蜘蛛正把它银丝似的网儿越织越大，它跳过来跳过去，仿佛要织得把洒在鹰身上的阳光也挡住似的。

延伸思考

【语言描写】鹰充满了疑问，它不相信一只蜘蛛会爬得这么高，而且没有翅膀，所以它充满了怀疑。

“可是你，——你怎么搞的这样高的啊？”鹰问道，“甚至那些用无畏的翅膀飞得最逼近天空的鸟，也根本不敢上这儿来啊。你既弱

“我可不敢爬上来！”

“那么告诉我，你究竟怎样上来的呢？”

“你瞧，我就粘在你的身上！你自己把我带到这儿的啊！我坐在你的尾巴上。可是现在哪，不用你帮助，你瞧，我也能站稳脚步了。所以当你跟我说话的时候，你得恭敬才对哩！你要知道，我——”可是，就在这时候，一阵突如其来的疾风，把我们的吹牛皮的朋友远远地刮到下面山谷里去了。

延伸思考

【动作描写】这只小蜘蛛为自己能跟着雄鹰飞到这么高的地方忘乎所以了，谁知道高处是不好呆的，一阵大风把它吹了下去。

你不觉得吗，有些昆虫简直和这只蜘蛛是一模一样的：它们手脚既不勤快，头脑更加糊涂，却跟着什么大人物的后面爬上高位！它们挺起了胸膛，仿佛有胜过鹰隼的力量似的，然而一阵风吹来，就把它们连同蜘蛛网一起扫光了。

名家点评

雄鹰飞上了天，感到很自豪，谁知一只蜘蛛竟然也跟了上来，还自吹自擂，没等它吹完，一阵大风就把它刮得没影了。

拓展训练

1. 蜘蛛是怎样站的那么高的？

2. 它以为自己很了不起吗？

3. 一阵风刮来，结果怎样？

两个孩子

名家导读

怎样才是真朋友？应该是患难与共、倾情相助。可文中的两个朋友是怎样做的呢？

“咳，谢聂，你听到吗？今儿父母便宜地放过我们了，不会把我们像赶羊似的赶到学校里去了！来吧，我们有机会摘园里的栗子啦。”

“费加，如果你以为咱们够得上，我可要跟你抬杠，你知道那棵树，笔直直、光溜溜，你和我休想爬得上去，这些个栗子就甭想吃到。”

延伸思考

【语言描写】通过孩子的话可以知道那棵树不好爬上去，因为它又光又滑又直，要想上去就得费点力气。

“啊，谢聂，你担心得没有道理！如果力气够不上，就赶紧开动脑筋。不要紧，我已经想到办法了！你听我说，你只要把我送上最低的那根树枝，上去了，我就有办法了，我们就可以整天坐在那里大吃栗子了！”

这两个强壮的孩子向栗子树跑过去。谢聂躬起背脊，给他的朋友踮着脚爬上树去。可怜的谢聂，他自始至终都气喘吁吁。费加终于爬上树去了，他攀登到一个近便的地方一好比老鼠躲在谷仓里——费加待在那里可“得其所哉”

了。

怎么样的栗子啊！吃也吃不尽，数也数不清。得了，先生，干吧，跟你的朋友一块儿吃栗子去吧！

可是不然！谢聂并没有沾到什么光！可怜的谢聂，他坐在树底下舔着他的牙床。他瞧着费加大吃特吃，等着对方停嘴不吃。费加给他的朋友掷下了——栗子壳儿，只不过是栗子壳儿。

延伸思考

【动作描写】费加只是自己在树上吃栗子，而不管把他送上树的朋友，这就是见利忘义的人。

世上许多费加的行为都是如此。朋友们辛辛苦苦，帮助他往上爬，使他搞到财富、地位和头衔，结果却连一个栗子壳儿的酬报也没有见到。

名家点评

两个好朋友，为了吃到树上的栗子，谢聂把朋友送到了树上，朋友在树上大吃特吃，却不管树下的谢聂，真是见利忘义。

拓展训练

1. 两个朋友要干什么？
2. 费加是怎样上的树？
3. 费加在树上是怎样做的？

小狮子的教育

名家导读

人们无论做什么事都要选对专业，如果只是崇尚某些名人的招牌，学无所用，就会毁了自己。

狮子大王很盼望有一个儿子，老天爷就赐给它一个儿子。

也许你对野兽有所认识，它们可跟咱们人类大不相同！在人类，一个一岁大的婴孩是愚笨而娇弱的，不论他是帝王还是老百姓的儿子。一只一周岁的狮子，大家知道，却是早已离开襁褓的了。所以这一年狮子大王的脑子里总在不断地考虑：怎样才能确保自己的儿子不是笨蛋，皇家的声望不受玷污，当儿子像它一样执政的时候，他的子民们不会因为太子的缘故责备父王。而且，它该请求、雇佣、或强迫谁来把国王的任务好好地教给这孩子呢？

延伸思考

【心理描写】狮子的顾虑，他希望自己的儿子将来能做一个出色的皇帝，能有所成就。

托付给狐狸吗？狐狸是聪明的，然而它却老爱撒谎！跟撒谎的人打交道，那可要搞出乱子来的；狮子大王认为撒谎不是国王所要学习的技术。或许鼹鼠合适些？经常听说鼹鼠的屋子里是井井有条的，没有勘探过的地方，它决不走动一步，食桌上摆的每一粒谷子，都是它亲自弄干净

延伸思考

【语言描写】描写了鼹鼠是一个做事细致周密的人，任何小事它做得都井井有条，可是它目光短浅。

研磨过的。总而言之，据报告所说，鼹鼠是小事情的大能手。且慢！据说，它对于近在眼前的事物是目光锐利的，然而它能看得到一码以外的事物吗？鼹鼠的制度是好的，对咱们可不合适，谁都同意，狮子的王国是远胜于鼹鼠丘的。那么，为什么不让豹子来试试呢？豹子又勇敢又强壮，豹子能够整天给你讲战略。然而政治——豹子可就不大明白，对于公民权利它一点儿也不懂，那么豹子在如何治理国家方面还能教些什么功课呢？一个国王必须既是政治家，又是法官，还要是战士，而豹子真正擅长的就只有作战！国王的儿子是不宜受豹子教育的。总而言之，狮子大王把所有的野兽都考虑过了，因为智慧而在森林中名气大得像柏拉图一样的大象，甚至也被考虑过了，但在狮子大王看来，所有的野兽，都是聪明有限、愚笨透顶的。

却说对它的邻国抱有深厚的友谊的鹰王，知道了狮子大王的苦恼，就决意要为它的朋友效劳，它要求亲自来教育小狮子（幸与不幸，现在只好猜测一下）。狮子大王高兴得几乎要跳起来，得到一位国王来做你的太子的教师，可不是空前绝后的大造化吗？

配备了崭新的行装，小狮子出发到外国去了，在鹰王的学校里学习治理国家之道。

一年、两年过去了。在过去的那些日子里，听到的尽是赞美：“它一天比一天聪明，”鸟儿们一致说道：“没有一个学者学得那么迅速。”小狮子终于毕业了，狮子大王派人去接他。小狮子回来了，狮子大王就把所有的野兽招来。大家坐好了，狮子大王拥抱它的儿子，并且对它说道：

“亲爱的儿子，当我归天的时候，必须由你来治理国家，我是已经一只脚踏在棺材里的了，你还正是旭日东升呢。我极愿意让你接替我的王位，可是你先告诉我们，好让大家听到看到，你学到了什么渊博的知识，你打算怎样为你的子民谋得幸福。”

延伸思考

【语言描写】狮子大王把所有的动物都考虑了一遍，觉得谁都不合适，它们都是各有所长，又各有所短，没有十全十美的。

延伸思考

【动作描写】狮子大王对鹰王做小狮子的老师很满意，它认为再没有更合适的人选了。

“爸爸，”小狮子答道。“多谢你的栽培，我已经学到了你们之中没有一个人能懂得的学问：从老鹰到鹌鹑，各种各类的鸟，在什么地方能饲养得最好，它们最爱吃什么食物，它们的各种不同的样儿，各种鸟生的蛋，各种鸟所必需的一切东西——我没有一件是不知道的。请你念念这张文凭上的评语吧！鸟儿们不是无缘无故说我才智过人的。我要到天空上去捉星星。因此，如果你的意思是叫我管理这个国家，我就要叫我的子民们立刻建筑鸟巢。”

狮子大王长叹，一切野兽也同样地长叹了，议员们因为丢脸而低下头来。这是明明白白的，年老的狮子大王懊悔也来不及了：它儿子的学习是徒劳无益的，小狮子的话语毫无头脑。天生要管理野兽的没有必要知道鸟儿的习俗，一个国王所能掌握的最大的学问，就是了解自己的祖国，就是了解一切使自己的国家伟大的东西。

延伸思考

【动作神态描写】狮子大王和其他野兽都失望了，原来小狮子学习的东西在他们的国家是完全用不上的。

名家点评

狮子大王很想把小狮子培养成一个出色的国王，可老师的人选怎么也定不下来，最后鹰王决定亲自出马来教小狮子，狮王很高兴，可几年后，小狮子学到的东西一点用都没有。

拓展训练

1. 狮王决定为小狮子做什么？

2. 狮王的顾虑是什么？

3. 谁做了小狮子的老师？

八哥

名家导读

无论谁都要有自知之明，不要妄自尊大，这只八哥就是这样，本来自己的歌声也挺优美的，却非要学夜莺，结果却丢了丑。

各人有各人的才能，可是有些人眼红别人的名望，总想在他所做不了的工作上一显身手。依我说呢，为人要明白事理：如果你盼望有所成功，就得根据自己的才能，可不要好高骛远。

一只八哥，天天练天天学，唱得活像金翅雀的声音，仿佛它天生就是只金翅雀似的。大家一致地称赞它有趣的学舌。

“可是总赶不上夜莺，”八哥听见有一只鸟这样说道。不幸得很，我们的八哥是只妒忌心很重的鸟儿。

“且慢，我的朋友们，”它想，“学夜莺唱歌，对于我说来，那是挺容易的玩意儿！”它就唱出一支让人吃惊的歌来，像是夜莺的歌声——然而是十分奇特的一种歌声。它起初是叽叽地叫，咳一下又发出咩咩的羊叫，然后，只

延伸思考

【语言描写】听到别人的夸奖，八哥很不是滋味，它嫉妒夜莺的歌声，可自己是赶不上夜莺的。

有老天爷知道是什么缘故，竟转变成小猫的咪呜咪呜的叫声了。总而言之，四周的鸟儿都退避三舍，纷纷地飞走了。

我的八哥，亲爱的小东西，你的歌曲已经悲哀地收场了，你与其学夜莺学得那么糟糕，还不如好好儿地学金翅雀为妙。

延伸思考

【动作描写】八哥学习夜莺唱歌，却把鸟儿们唱跑了，说明它的歌声很难听，很刺耳。

名家点评

一只聪明的八哥，学金翅雀的叫声惟妙惟肖，可有人说夜莺的歌声最好听，它就开始学夜莺的歌声，可它是学不会的，把鸟儿们都唱跑了。

拓展训练

1. 八哥学谁唱歌最好听？
2. 他为什么学夜莺唱歌？
3. 鸟儿们为什么跑了？

猴子和豹

名家导读

一切事物要不断推陈出新，一成不变是不行的，看猴子和豹子是用什么方法来吸引人们的。

一天，猴子和豹一同向城里走去，他们想去挣些钱。到了城里，豹贴出一张广告，上面写道：请看最美丽的斑纹。豹还不断地向路人介绍："先生们，我的名声是很大的，就是国王也愿意看到我。"

人们问："为什么呢？"

豹回答说："因为我的皮色彩斑斓，要是我死了，国王很愿意要我的皮来做衣服。"

于是，人们就花钱参观豹。可是，人们只看了一会儿就都走了，并且不再来看了。豹问他们："你们为什么不再来了？"人们回答说："因为，你的皮色虽然好看，但是没有变化，多看有什么意思？"

> 延伸思考
>
> 【语言描写】人们愿意看到新鲜事物，可豹子的皮色一成不变，人们腻烦了，所以不愿看它了。

这时，猴子也在向大家介绍："请来看我的戏法吧，我会变上百种戏法。"人们又花钱去看猴子变戏法、跳舞、翻跟头、钻圈。看猴子变戏法的人越来越多，而且看过的人，又花钱再去看。

豹又问人们："你们为什么反复去看猴子的戏法呢？"人们答道："因为猴子的把戏有变化。"豹说："我现在明白了，光是美丽的外表是不够的。"

于是，豹回森林去了。

这个故事告诉我们：人们看重的是人的才华，而不是外表。

延伸思考

【语言描写】说明人们愿意接受新鲜事物，更愿意看到不断更新的事物，猴子的戏法正好如此。

名家点评

猴子和豹子一同进城，豹子有一身漂亮的皮毛，人们开始很愿意看，可后来没有了新鲜感；而猴子则不同，它变戏法，各种各样的戏法，吸引着人们，所以说无论什么事物要不断更新才行。

拓展训练

1. 豹子用什么来吸引人们？
2. 猴子用什么来吸引人们？
3. 人们爱看谁呢？

鱼的跳舞

名家导读

做事要正直，不要利用职权之便，做违法法纪的事，否则会受到惩罚的，这只狐狸就是这样的。

统治着森林也统治着江湖的狮子大王，传谕众兽来开会。

狮子大王说："今天，我们要选举一位鱼类的父母官，请大家投票吧。"投票的结果是狐狸得了最多的票数，这样，狐狸就成了鱼类的父母官了。

狐狸有一个人类朋友，他俩在一起商量着治理江湖的办法。他们的办法就是，人把鱼钓起来交给狐狸。狐狸再来审判上钩的鱼，并判处鱼的死刑。接着，狐狸和人一起，一边喝茶，一边分赃。这样过了一段时间，狐狸胖了很多。

延伸思考

【语言描写】狡猾的狐狸和人类勾结，陷害自己统治的鱼类，可怜的鱼类就进了狐狸的肚子，人类也得倒了不少好处。

狮子大王耳闻狐狸的手脚不干净，为了弄个水落石出，他亲自出巡了。这天，狐狸与人像往常那样，捉到了一些鱼，他们架起锅子，烧起了火，准备大吃一顿。当狐狸刚把一些鱼丢进锅里的时候，狮子大王来了，问道："你们在干什么？”狐狸很机灵，马上回答说：“啊，我们和这些小鱼们正在准备欢迎您的到来。”过了一会儿，水被烧得越来越热了。锅里的鱼受不了，就开始乱游乱跳。狮子大王问道：“这些鱼在干什么？”狐狸立刻答道：“啊，这些鱼是在跳舞给您看。”水更热了，有几条鱼已经被烧熟了，而且发出了香气。狮子大王这才明白怎么回事。他一把抓住狐狸的脖子，拎了起来：“好吧，那我现在让你也跳舞吧。”狐狸四脚乱舞，最后被掐死了。

延伸思考

【语言动作描写】狮子大王终于明白了事情的真相，他惩罚了狐狸，给它判了死刑。

名家点评

狡猾的狐狸被狮王任命管理鱼类，他滥用职权，和人类勾结，陷害鱼类，共同获利，最后被狮王处死。

拓展训练

1. 狮王派谁管理鱼类？

2. 狐狸怎样和人类勾结？

3. 狮王怎样处罚狐狸的？

工程师

名家导读

人类是有智慧的，但智慧的正确发挥很重要，发挥不当，会，使一切一败涂地文中的工程师就犯了这个错误。

有个漂亮的小伙子买了一块地和一所房子，这是个祖先传下来的老宅，却又十分时髦。那么舒服、那么结实，一切设备，样样齐全。这个庄园各方面都是十全十美，就是有一方面不好，它离小河太远。

“那有什么关系，”他想，“你知道，你爱怎么办，就可以怎么办。靠着拽引的力量，稍微操纵一下，房子就能自动地走到小河边去（你瞧，这漂亮小伙子对机械工程倒是挺在行的），我只要在房子下面放一架雪橇就行了，我把宅基掘空以后，立刻就把房子放在雪橇的滑板上面，那么，我就可以随意改变房子的方位，好像把房子放在手掌里转动一样。而且，还可以做出另外一件世界上没有见过的事来。我的房子大胆地走动的那一天，我要雇一班当地的乐队，我要把我的朋友们请进屋子，给大家好好地吃一顿，

延伸思考

【语言描写】聪明的小伙子，运用自己的智慧，要是自己的房子能移动，真是大胆的想法。

为了庆祝乔迁之喜，我一定亲自来驾驶机车。”

我们的勇气十足的工程师，爱上了这个疯狂的念头，他立刻就开始工作。他雇了一帮人来挖掘宅基，他既不惜花费钱财，又不惜苦心研究，他一心一意地打算的，就是要使屋子能够走动。

他的辛辛苦苦，得到一个结果——房子整个儿倒下来了。

延伸思考

【语言描写】这个结果说明，你虽然聪明，但做事要切合实际，否则会前功尽弃，一败涂地，小伙子的房子就是这样，被他整趴下了。

我们之中，为了更荒唐更危险的目标而庸人自扰的，难道是少数吗？

名家点评

一个小伙子异想天开，想把自己的房子移动到小河边，可谁知房子被他整趴下了，也没有成功。

拓展训练

1. 小伙子要怎样移动自己的房子？
2. 他成功了吗？
3. 这个故事说明什么道理？

杂色羊

名家导读

如果你遇到不喜欢的事物，会怎么做？会不会想办法除掉这些事物呢？狮王就是这样做的。

在羊群里，常常会有一些毛色不纯的羊，但他们与纯色的羊一样有悲有喜、有情有义。

有一天，狮大王看见了一头杂色羊，忽然感到不舒服。回到宫里，狮大王把这事对熊和狐狸这两个心腹说了：“一看见杂色羊，我的眼睛就不舒服，这事你们看怎么办？”熊说：“大王，这事儿太简单了，把那些杂色羊都杀掉吧！”狮大王听了这个主意，皱着眉头：“这怎么可以呢？我是森林的大王，即便是杂色羊，也是我的臣民啊。”狐狸有了主意，说：“我善良的大王啊，我知道，您是不肯伤害您的臣民的，但为了您的眼睛，总得想出一个办法……”狐狸接着说道：“我看应该给杂色羊专门划出一块地方，让他们在里面愉快地生活，小羊可以蹦跳，母羊可以安心吃草。”狮大王问道：“那么，由谁来管他们呢？”狐狸说：“我看可以请狼来看管他们，因为狼是很忠于职守

延伸思考

【心理描写】描写了狮子大王对杂色羊很反感，看到杂色羊他心里就不舒服，所以他要想办法解决这个问题。

的。”狮大王说：“嗯，这倒是一个好主意，大家赞成吗？”说着，狮大王先举起了手，狐狸和熊也跟着举起了手，这项提议就算顺利通过了。于是，熊和狐狸费心地划出一块很好的地方，把所有的杂色羊都赶到了那里，同时，把狼也请到了那里。

延伸思考

【语言动作描写】狮子大王很赞成狐狸的提议，他可能是想借狐狸之口来除掉这些羊们吧。

狼每天都在那里，尽心地管着羊群。但是，大家很快发现，那里的杂色羊每天都在减少。

直到所有的杂色羊都失踪了，这事才报告到狮大王那里，狮大王表示很遗憾：“唉，看来，狼又在做坏事了……”

名家点评

狮子大王很不喜欢杂色羊，可能它又不能直接处死这些羊，所以它就采用了狐狸的建议，让狼看守杂色羊，实际是想除掉这些杂色羊。

拓展训练

1. 狮王为什么不喜欢杂色羊
2. 他要怎么对待这些杂色羊？
3. 狼尽职了吗？

火与金刚钻

名家导读

邪恶有时候看上去非常凶猛，可人们总会有办法把它消灭，正义之光永远得到发扬，金刚钻在火中得到锤炼，人们认识了它真正的价值。

星星之火变成了熊熊的火焰，在子夜万物寂静无声的时刻，大火猛烈地从四周向屋顶延烧过来。在叫嚷和惶恐之中，一颗失落的金刚钻躺在地上的灰尘里，几乎一点闪光也没有。

延伸思考

【场景描写】描写了在夜深人静的时候，一场熊熊大火开始蔓延了，火势凶猛不可阻挡。

"你啊，你的微弱的光芒跟我比较起来，就显得暗淡无光了，"大火说道。需要多么敏锐的视力，才能在近距离内把你和玻璃或水珠区分开，因为我的光或太阳光也能在它们身上闪耀。我也无需再多说了，句句话都有叫你沮丧失望的危险，一件小东西，哪怕是一片破布，也能叫你黯然无光！即使是一根头发围住了你，也能使你的光芒减色。

"当我一阵愤怒揪住了最高的那层楼房，要把我的光芒压下去可不容易。你瞧着吧！哪怕成群成队的人挡住我，我也瞧不起他们微不足道的力量，只要我碰上的，我统统把它烧焦烧光，当我的血红的光芒在天空中飞舞，你瞧，吓得附近的居民多么的惊惶！”

“跟你比起来，我的光辉是微弱的，”金刚钻答道，“然而我是无害的，谁也不会说我害过什么人，除了妒忌的人，谁责备过我的和平的光彩来着？可是你，——你一发光就是毁灭，所以，你瞧，大家都联合起来用最大的力量来扑灭你的火焰，你燃烧得愈猛烈，你的力量也许就消耗得愈快。”

瞧哪！各式各样的人都来救火了，一到早晨就只剩下烟和恶臭了。金刚钻很快就被人找到了，它成为最美丽的装饰品，在皇冠上闪闪生光。

延伸思考

【语言描写】有利于人们的，人们永远会珍惜它，它平淡的光芒好像能遮住所有的邪恶之光，金刚钻就是这样的。

名|家|点|评

一场大火把所有的东西都烧光了，只有一颗金刚钻在火中存活了下来，大火嘲笑它的光芒，可是最后人们用尽各种办法灭掉了大火，而金刚钻则得到了永生。

拓展训练

1. 大火烧掉了什么？
2. 金刚钻为什么会从火中逃离？
3. 为什么人们把大火灭掉了？

强盗和赶车的人

名家导读

人们有时候想得到一些虚幻的东西，就不惜一切代价，正如文中的强盗一样，付出惨重的代价，却只得到一车气球。

晚上，紧挨着大道，强盗躲在附近的小树丛里。不论是谁，他都准备拦劫。像一个冬天没吃过东西的饿熊一样，强盗阴沉凶险地望着远方。

延伸思考

【比喻描写】描写了强盗的贪婪，他打算对所有的路人进行抢劫，他满脸凶险，毫无慈悲之心。

啊！有一辆巨大的货车，货物堆得高高的！

“可好了，”强盗咕噜道，“这是贵重的货物，运到市场去的，我想，——全是绸缎布匹！哈哈，斯蒂方，不要放过好机会！这就是说，今天我绝不会白辛苦了。”

货车开过来了。“停车！”强盗吆喝道，他朝着赶车人的脑袋打过去结结实实的一拳。

可是，别忙！这回他可不是和乡下佬较量力气了。那赶车的，又壮又棒，即使被迫蹲下，也毫不退让，而且像块石头似的抵抗着攻击。

强盗想攫为己有的财货，现在只好用最激烈的战斗去

延伸思考

【动作描写】强盗和赶车人激烈的打斗着，这场战争很艰难，因为强盗遇到了强手。

换取了。打过来，打过去，战斗长久而且猛烈。强盗被他的敌手打掉了足足十二颗牙齿，一只手也被打断了，残废了，一只眼睛也已经被打瞎了。强盗终于在战争中取得最后的胜利，他在激战中杀死了赶车的人，他杀了人——转过来抢东西。今儿他赢得的，原来是一车玩耍用的气球而已。

人常常为了立即幻灭的泡影，不惜犯罪、作恶、惹麻烦、闹纠纷。

名家点评

一个强盗为了劫获一车货物，所以不惜一切代价，被打掉十二颗门牙，一只手被打断，一只眼被打瞎，最后获得了一车气球，真是传为笑谈。

拓展训练

1. 强盗打算干什么？
2. 强盗遇到了一个什么样的车夫？
3. 最后强盗得到了一车什么货物？

花

名家导读

虚假是不会长久的，就像这几枝假花一样，它们在风雨中了垃圾，而真花却经住了考验，所以还是真诚一点好。

在一个华丽的房间打开的窗户里，摆天然的盆花，在几个色彩炫丽的瓷瓶里插着几枝假花。缀在铁丝上的假花，得意洋洋地在早晨的空气里摇摇曳曳，对着闲逛的人们炫耀着它们的虚假的艳丽。

延伸思考

【语言描写】虚假的东西往往更令人赞赏，几朵假花就是这样，它们被装饰的风姿摇曳，艳丽无比，倒也以假乱真。

突然，哗啦哗啦地下起大雨来了，印花纸做的假花抱怨老天爷道："咳，它怎么没法儿叫大雨停止呢！"纸花咒骂的咒骂，哀求的哀求。

"啊，老天爷！那雨呀，那雨呀，"它们叫唤道。"那大雨根本毫无用处！那大雨真是该死！你瞧，大街小巷愈来愈糟糕了，一下起雨来啊，全世界遍地都是水坑和泥浆了。"

然而老天爷觉得接受它们愚蠢的祈求可并不合适，他让大雨充分完成指定的任务。——于是炎热消失了，空气凉快了，大自然又生气勃勃了，树叶与青草比以前越发苍翠了。

延伸思考

【语言描写】这些虚假的假花，却经不住风雨的考验，它们在雨中变成了垃圾，所以人们做事应该真诚一些好，虚假毕竟不能长久。

窗台上的美丽的花朵，重新显出了它们的万紫千红，而且因为刚下过雨，更加芬芳，更加新鲜，更加柔嫩了。可是那些印花纸做的假花，却失掉了鲜明艳丽的色彩，并且跟当天的垃圾混合在一起，被打扫出去了。

真正有才能的人不会因受批评而生气，批评不会损害他们的美。害怕大雨的，只不过是假花而已。

名家点评

几束假花和真花争奇斗艳，倒也分辨不出真假，可是一场风雨之后，假花露出了真面目，变成了一堆垃圾，而真花在风雨之后更加艳丽娇媚。

拓展训练

1. 真花和假花有什么区别？

2. 假花在风雨中有什么表现？

3. 风雨后真花如何？

黄蜂和蜜蜂

名家导读

有些人想不劳而获，就像文中的黄蜂一样，想无偿占有蜂蜡，可让它拿出真本事它就不行了。

黄蜂和蜜蜂一起发现了一些无主的蜂蜡。

“这些蜂蜡属于我了！”黄蜂想抢先认领。“不，这可不行，应该属于我！”蜜蜂就是不答应。于是，他们争吵起来。官司打到了细腰蜂那里。可是细腰蜂接了案子后，也觉得棘手，实在很难决定。细腰蜂传来证人知了，知了说：“蜂蜡周围早就有一些昆虫，他们的身子显得有点长，有翅膀，我看像蜜蜂。”“这些特征不也同样属于黄蜂吗？”细腰蜂反问道。知了想想也对，耸耸肩，告辞了。

延伸思考

【语言描写】知了描述的特征，和黄蜂也很像，因为黄蜂和蜜蜂，本就属于同科目所以细腰蜂无法判断。

细腰蜂无所适从。为了把这事情搞清，他决定重新调查。他飞到现场，看到一群蚂蚁正在吃力地往家里搬食物，便叫住他们打听情况，可蚂蚁说了半天也说不清楚。一晃，六个月过去了，线索全无，案子无从下手，细腰蜂也极为恼火。

一只聪明的蜜蜂说：“案件拖延至今，蜂蜡已经变质了，而情况还和开始时一样，法官该快点断案了。”细腰蜂感到很委屈，这案子难道我没有反复思考过？他越想越气恼，没好气地问道：“那么你来断断案看，如何？”蜜蜂的回答很干脆：“别要那么多答辩和预审，让黄蜂跟我们一起去劳动，看看到底谁能用好的甜浆造成蜂房。”

黄蜂一听就心里发毛了，声嘶力竭地嚷着：“哪有这种断案方法？我拒绝参加劳动！”黄蜂的拒绝使大家看到这种要求已超出他们的本领。

于是大家判定，把蜂蜡还给了蜜蜂。

延伸思考

【语言心理描写】黄蜂是不会劳动的，它害怕劳动，所以它拒绝这种断案方法，由此可以知道，蜂蜡是谁的了。

名家点评

黄蜂和蜜蜂为争夺蜂蜡去打官司，耗时半年之久，官司没有最终结果，于是蜜蜂提出用劳动的办法来裁决，黄蜂灰溜溜地离开了。说明了“真金不怕火炼”的道理。

拓展训练

1. 黄蜂和蜜蜂发现了什么？
2. 它们找谁打官司？
3. 最后是怎样判决的？

大宴

名家导读

对于那些老是没有时间观念的人，是会受到一定惩罚的，鼹鼠、狐狸、土拨鼠就是这样，最后他们只好站着了。

在饥饿的年头，为了安慰每一只野兽，狮子大王打算大摆筵席。它的信差跑遍森林和荒地邀请客人。它邀请了一切野兽——既邀了伟大的野兽，也请了渺小的野兽，各处的野兽都涌来了。谁不愿意应召而去呢？哪怕家里有东西可吃，我们也都爱享受一下筵席的口福的。

延伸思考

【动作描写】土拨鼠、狐狸、鼹鼠在赶赴狮子大王的宴席时，迟到了。它们因此而没有了座位。

却说土拨鼠、狐狸和鼹鼠拖拖沓沓地跑去，发现它们迟到了一个钟头，宴会已经开始了。狐狸不幸在这一天正赶上许多紧要的事情，土拨鼠打扮得耽误了时间，鼹鼠却迷失了道路。它们看见狮子大王的右边空着一个座位，心里想它们三个也许能凑合挤下了。

“我的朋友，你瞧那儿，”豹子跟它们说道，“虽然座位的确空着，你们要知道，你们是坐不得的。那是留给大象坐的，它会把你们推出去，或者更糟，它干脆坐下来把你们压烂。所以，如果你们不愿意空着肚子睡觉，就站在外边儿席子上吧。你们可以在那吃个够，因此要谢谢你们的命运不差。那个餐桌是为那就要来的客人们预备的，为那些庞大的野兽预备的，而你们却属于瘦小的一类。所以，如果你们不肯站着吃饭，那么，请便吧，回家去吧！”

延伸思考

【语言描写】意思是说如果不站着吃，他们就吃不到饭，就会饿肚子，那里都是高大的动物，即使鼹鼠他们站着也不一定够得着。

名家点评

狮子大王摆宴酬谢大家，而鼹鼠、土拨鼠、狐狸却迟到了。对于迟到的人，只好哪有位子站哪儿了，如果挑拣就更吃不到饭了。

拓展训练

1. 狮子大王为什么要宴请大家？

2. 谁迟到了？

3. 最后它们怎样才能吃到饭？

马和骑师

名家导读

人一旦没了约束，就会自我灭亡。文中的这匹马就是这样，他获得了自由，却失去了性命。

一个骑师，让他的马儿受了严格的训练，因此他可以随心所欲地使唤它，只要把马鞭子一扬，那马儿就乖乖地听他支配，而且骑师说的话，马儿句句明白。“给这样的马加上缰绳是多余的。”他认为说话就可以把马驾驭住了。他对自己的想法十分中意，有一天骑马出去时，就把缰绳解掉了。

缰绳既然解除了，马儿就在原野上飞跑，虽然开头还不算太快，仰着头抖动着马鬃，它雄赳赳地高视阔步，仿佛要叫它的主人高兴似的。但是它知道什么束缚也没有的时候，我们英勇的骏马就越发大胆了。它的眼睛里发火，它的脑袋里充血，它再也听不见主人的叱责，愈来愈快地飞驰过无边的原野。

延伸思考

【语言描写】马儿兴奋了，因为没有了缰绳的束缚，所以它无拘无束，像一匹脱缰野马，漫无目的地狂奔。

不幸的骑师，如今毫无办法控制他的马了，要想用笨拙而颤抖的手把缰绳重新套上也办不到了。完全无拘无束的马儿一路狂奔着，猛冲猛赶，连蹦带跳，竟把骑师摔下马来。像一阵旋风似的，马儿还是往前直冲，什么也看不见，什么方向也辨不出，一股劲儿冲下深谷，摔了个粉身碎骨。

啊，骑师，骑师，好伤心！

“我的可怜的好马呀，”他说道，“是我一手造成了你悲惨的灾难。如果我不冒失地解掉缰绳，我想你就会听我的话，就不会把我摔下来，我的朋友，你也就绝不会落得这样凄惨的下场。”

不要过分地醉心于放任自由，一点也不加以限制的自由，它的害处与危险实在不少。

延伸思考

【语言描写】说明了骑士非常后悔和痛心，是他的放任，使他的马儿走向了绝路，骑士追悔莫及。

名家点评

一匹被骑士训练的非常听话的马儿，骑士很信任它，就解掉了它的缰绳，谁知马儿获得了自由，却失去了前进的方向，最后坠入悬崖，粉身碎骨。

拓展训练

1. 骑士的马儿听话吗？

2. 他为什么解掉马儿的缰绳？

3. 马儿获得自由后怎样了？

穷苦的富人

名家导读

一个贫穷的人总做着发财梦。一天，一个魔鬼帮他完成了心愿，他得到一个钱袋，他终于有了花不完的钱，可是他的生活并没有得到改善，这是为什么呢？

“除非吃得好喝得好，就根本不能算是发财！光是金钱叮叮当当地发响，又有什么用处呢？你死了以后，你又不能把钱带到棺材里去，你不过是糟踏自己，落得个吝啬的臭名而已。至于我啊——如果我发了财，我就决不吝啬，我立刻一掷千金，过着豪华奢侈的生活。我要大张筵席，普天下的人们都会知道我的名字；我还要对邻居们行善做好事。吝啬鬼的生活，一定跟地狱一样地难受。”

延伸思考

【心态描写】讽刺一些人的狭隘心理，他们总想着发财，而发财的动机却非常肤浅。

破屋里，一个穷人躺在木板床，这样自言自语地说道。这时候，靠在他的枕头边上，有一个——有的说是魔法师，有的说是魔鬼——魔鬼的说法大概可靠些，我们讲下去时便会弄得比较明白了。它站在那里，这样开口道：

延伸思考

【动作描写】从这个动作可以看出，这个想发财的穷人还有懒惰的性格。

“我听见你说，你要钱花。好吧，我是极愿意替朋友帮忙的。我替你搞来了这一个钱袋！这袋里有一块金元——

只有一块。可是当你把这一块拿了出来，钱袋里始终还有一块钱存着。我的朋友，现在你可以看得出来，你想发财发到什么程度，全仗着你自己。喂，拿着这钱袋吧！你需要多少钱就可以取出多少钱来，直到你心满意足。不过你得好好注意！你把钱袋扔到河里去之前，你千万不能花掉一块金元。”

钱袋落在穷人手里时，屋子里就只剩下他一个人了，起初他欢喜得简直疯疯癫癫，但当他神志清楚时他就把钱捏在手里。明晃晃亮晶晶的金元，果然打钱袋里出来了，他实在不能不以为自已是在做梦啊。他用手摸摸——另一块金元又在等着轮到它出来了。

延伸思考

【神态描写】意外之财来的太突然了，穷人显得兴奋过度，哪怕只有一个金元也足以让他疯疯癫癫，可见他之前穷苦到什么地步。

“如果我通夜点着灯油，"我们的穷苦的朋友想道，“我就可以接二连三的取到金元。明天，啊，明天我将多么的有钱，我将过着多么奢华的生活！”

第二天早晨，他又修正了他的计划。“已经挺不差了，”他说，“我现在是个富翁了，然而何不尽量的大发其财呢？丝毫障碍也没有，我照样可以多搞点金钱。今天再来试一回奇迹，我倒不是很懒。房子、车子、乡村别墅——这些都可以配备得起来了，不过我还可以搞点钱置产业呀，错过这样好的机会，那简直是发疯了！不，我不能放弃这神奇的钱袋！没有办法，我一定得再饿一天肚子——那也并不坏呀，归根结底，就有更加美满的日子好过呀。”

日子就那么的过去——一星期，一月，一年。那些个大堆大堆的金钱，恐怕数也数不清了。同时，他几乎是不吃不喝地过着日子。太阳还没有升起来，始终不变的老工作

延伸思考

【背景交待】一年过去了，穷人已经积攒了大量的金钱，他现在已经是一个富人了。这句话也经后面故事的发展作了铺垫。

就招呼他了！他一天忙到晚，然而总是盘算着还有财可发！有时候，手里拿着钱袋，他向河流走去，接着就突然觉得浑身发冷，又转身走回来了，总是不能下决心把钱袋扔掉。

“我没有那个决心把它扔掉，”他说，“金元始终在源源不绝地流出来啊。”

最后，他的头发因为操心而统统变白了，可怜的人，他变得那么瘦弱！他的脸就像他的金子，皮肤也是蜡黄蜡黄的。现在，关于奢华的生活的梦想是丢开了，他简直成了衰弱的老人！他的健康，他的心灵的安宁——统统丧失掉了。然而，他还是不由自主地用他那脆弱而颤抖的手从钱袋里掏着金元。他掏呀掏的，直到他本人油尽灯枯的时候。就在那张到处堆满金元的木板床上，可怜的吝啬鬼，他就死在那张床上了，他掏出来的金元，已经快要达到九百万之多了。

延伸思考

【外貌描写】在金钱的“摧残”下，穷人并没有过上他梦寐以求的生活，反而身体每况愈下。

名家点评

这个寓言讽刺了一些梦想天上掉馅饼一夜暴富的人，他们没有积极的生活信念，不懂得劳动致富的法则，更不明白人生最大的财富是健康，这些人即使得到金钱也不懂得珍惜。

拓展训练

1. 穷人最大的梦想是什么？
2. 穷人得到谁的帮助从而有花不完的金钱？
3. 穷人最的的结局是什么样的，是什么导致他这样的结局？

采珍珠的人

名家导读

一些邪说谬论会使国家走向沉沦，会是人类走向灭亡，但积极向上的学说，会使国家前进，所以要选择的利用学问。

国王想来想去，大惑不解。国王搞不明白的问题是：著书立说产生的，是坏处还是好处？研究学问岂不使人心灵脆弱、手无缚鸡之力吗？也许最好是把有学问的人撵走，让国内只留下蠢材傻瓜。然而，说也光荣，这位高贵的国王，总是勤于为老百姓谋幸福，因此绝不愿意另创新的法律。一时心血来潮，国王召集了一个庄重的国会会议，要求到会的人，大家根据常识，用简单明白的话，直截爽快地回答这个问题：把有学问的人赶出国外去呢，还是让他们仍旧留在国内？究竟哪一个办法高明？

延伸思考

【语言描写】这些议员各抒己见，有的赞成有反对，总之他们没有解决国王的问题，此时的国王也不知该怎样做好了。

虽然国会议员们整天讨论来讨论去，有的自己做了发言，有的念了秘书写的文稿，但是他们一点也不能解决国王的疑问，反而把国王搞得越发糊涂了。

这一位说愚昧就是黑暗，老天爷既然赋予我们理智之光，使我们懂得上天的神秘，当然不希望我们并不比没有头脑的畜生聪明，如果我们感谢老天爷创造我们的目的，那就应该说学问是导向人类的幸福的。

那一位却肯定人类从科学所得到的仅仅是损害而已，学问是废物，只不过败坏品德罢了。教育发达的地方，这个伟大的国家也就完蛋了。

延伸思考

【语言描写】这一种见解是：有文化知识的地方，国家就会灭亡，教育不能发达，发达就会威胁到国王的地位。

这两种见解能够取得一致吗？嘿，永远不会！有的讲得头头是道，有的空洞无物。虽然连篇累牍，关于书籍的争吵可还是猛烈之至，难解难分。

国王采取了进一步的措施，他挑选一批仿佛是最聪明的人，让这些人单独成立一个常务委员会来解决这个问题——学问有害还是有益？然而还是不能解决问题。你要知道，这些人都有官俸，而且官俸都很多。对于拿很多的官俸的人说来，意见不一致就是经常的财源。所以这些人就尽量地议论纷纷，他们情愿一直议论到今天，照样儿拿钱吃饭！但是国王懂得一点儿经济之道，他一眼就看出毛病，便把这批人统统撵走了。

同时，国王的疑惑一刻比一刻厉害。

延伸思考

【心理描写】国王的顾虑越来越重，这个问题困扰着他，影响到他的生活，他必须要解决这个问题。

有一回，国王到田野里去散步沉思，想把问题求得彻底解决。他看到眼前站着一个从外国回来的白须老人，手里捧着厚厚的一本大书。白须老人的风采是庄重而愉快的，令人肃然起敬的脸上，透着天然本色的、大方而慈祥的笑容，而且从额角的皱纹上还可以看得出思想家的标志。正在沉思的国王就和这可敬的先知谈起话来了。国王发现他自己不明白的道理，老人都很精通，他就请求老人替他解决他所钻研不透的问题：学问的害处是否多于益处？

“国王啊，”圣人答道，“请你容许我用一则简单的故事来说明我的心得，多年的思索告诉我，这样的心得是只有依靠思索才能够获得的。”圣人聚精会神地想了一下，这样开言道：

“在印度的海滨，有一个渔夫，他在贫困中劳碌了几十年，死了，留下三个年轻的儿子。儿子们估计从父亲的渔网里也找不到什么财物，而且，他们也瞧不起父亲平平常常的打鱼的技术。他们要到海里去寻找另一种东西：不是鱼，而是珍珠！有了珍珠，他们就可以发财了！

延伸思考

【心理描写】儿子们并不欣赏渔夫的打鱼技术，所以他们没有人继承父亲的事业，他们也从没想过要继承父亲的遗产。

“既然大家都是既会游泳又会潜水，他们就计划立刻依靠这手艺过活。

“但，并非弟兄三个都获得了同样的成功。老大是个懒人，他永远只在空空如也的沙滩上游荡，甚至不情愿沾湿他珍贵的双脚，而且除了捡拾海浪冲到海滩上的东西之外，他也不肯多费力气。所以这位老兄连吃饱肚子也困难。老二却从这儿游到那儿，不怕困难，也不辞辛苦。他的劳动并没有白费，他潜水采得了许许多多宝贵的珍珠，他的财富时时刻刻都在增长。老三热衷于渺茫的招财进宝，他这样跟自个儿计议：‘我虽然满可以在海滨找到珍珠，但是还得想想有怎样的财富可以落到我头上。我以为，害怕游得远是羞耻的。如果我能有一回一直游到海底里，那多好！我就可以在那儿搞到堆积如山的数也数不清的财物，各种各样的宝贝、珊瑚、珍珠和没有听说过的宝

延伸思考

【心理描写】老三只是一个空想家。他想着会有很多财富落到他头上，殊不知，不劳动，怎么会有收获。

石，搞到这些东西的人，就可以拿来换金子啊。’这个可怜的傻瓜，被空想搞昏了头脑，他就跳入茫茫的大海，而且是挑选了最黑最深的地方直跳下去。但，他沉没在海洋深处了，他可以永远测量深渊了。愚蠢的代价，便是死亡。

“陛下，”圣人说道，“虽然学问带给人们各种好处，鲁莽的才子却会在学问中遇到无底深渊，最终毁灭在深渊之中。而且不仅他们自己会落得这样的结果，他们还时常拖人下水，弄得朋友也和他们同归于尽。”

延伸思考

【语言描写】老人从两方面论述了学问带给人们的利害，人们要理智的利用知识和学问，才会造福于人们。

名家点评

国王害怕学问会毁了自己的国家，所以让大臣们讨论是否要保留学问，可无果。他只好请教一位资深的老者，老者讲了一个故事，采珍珠的人，国王明白了，怎样利用学问才能更好地治理国家。

拓展训练

1. 国王为什么要消除学问？

2，大臣们想出对策了吗？

3. 老者讲了一个什么故事？

狗、人、猫和鹰

名家导读

什么是真正的朋友？当灾难来临时应该是不离不弃，患难与共。可故事当中的主人公们，又是怎样对待朋友的呢？

延伸思考

【语言描写】狗、人、猫和鹰山盟海誓，同甘甜共患难。他们愿意舍出自己的性命去搭救自己的朋友。

狗、人、猫和鹰，互相发誓：不论天气好坏，他们永不分离，——他们要结成朴实无华的真心真意的友谊。大家住在一个洞窟里，大家一起吃东西；不论是安乐或是忧患，大家始终如一；大家互相帮助，像同胞兄弟一样，如果需要，谁都愿意牺牲自己搭救它的结义兄弟。

有一次，大家一起出去打猎。这些盟兄盟弟们跑得离家那么远，又热又累又乏，它们停下来在一条小溪边休息。坐的坐，躺的躺，它们瞌睡起来了。这时候，突然从树林里奔出来一只饥饿的熊，嘴巴张得大大的要吃东西。

看到这可怕的景象，鹰飞走了，猫一跳就没了影儿了。人眼看着要把性命丢了，但是忠诚的狗跳上跳下地攻击熊——狗的牙齿紧紧地咬住了熊，不管狗被压在熊笨重的身体底下，压得骨头都折断了，虽然痛苦和愤怒使得它

大吼，但狗仍旧咬住了熊，一直咬到它骨头上，真是好样的！狗始终紧紧地咬着，决不放松一下它的牙齿，直到自己力竭身死方才罢休。

延伸思考

【动作描写】狗奋力与熊搏斗，死都不放手，可以看出狗的忠诚，对朋友简直是两肋插刀。

那么人呢？我必须满怀羞惭地声明：说到忠义啊，我们人类之中是难得有人能与狗比拼的，所以当狗抵挡住熊的时候，人，这个卑鄙的人，就拿起他的枪溜走了，溜得无影无踪了。

仁爱的诺言，嘴上说起来是容易的，只有在患难的时候，才能看见朋友的真心。然而这样忠诚的朋友，又是多么的稀少！唉，另一种朋友倒是十分普遍！

你已经看见忠诚的狗落了个被人抛弃不顾的下场。这样的情况实在不少：他自己在急难的时候得到过朋友的救援，如果朋友遇到了困难，他却掉头不顾，而且还用最难堪的话来痛骂自己的恩人！

名家点评

狗、人、猫和鹰山盟海誓成为最好的朋友，可当熊来到的时候，能跑的都跑了，只有忠诚的狗和熊殊死搏斗，最后失去宝贵的生命。由此忠诚于朋友不在于山盟海誓可以看出，忠诚于朋友不在于山盟海誓。

拓展训练

1. 谁和谁成为好朋友？

2. 当灾难来临时他们是怎样做的？

3. 这个故事说明什么道理？

蜘蛛和痛风

名家导读

人们做事发展事业，要选对环境才行，如果环境不合适，会出处处碰壁，就像文中的蜘蛛和痛风一样。

地狱为尘世生下蜘蛛和痛风。拉·封登首先在世上发表这样的说法，是否如此，何以如此，何故如此，我都不想和他争辩：因为若是论到寓言，我可以这么说，我一直盲目地相信拉·封登的。所以，蜘蛛和痛风是地狱亲生的，绝没有丝毫疑问。

却说蜘蛛和痛风全长大了，该是它们出去谋取好地位的时候了。(谁都知道，长大的孩子在家里管教不住了，贤明的父亲就替他们找个职业)。把它们派到世界上来压迫我们时，它们的母亲这样说道：

延伸思考

【语言描写】意思是孩子们长大了，要到外面的世界去闯荡了，去建立自己的事业，蜘蛛和痛风也是一样。

"亲爱的孩子们，我已经祝福过你们了，到尘世去吧！我把广大的疆域授予你们！我对你们两个的期望是很高的，你们一定要为你们的好父亲大大地争光，同时一定要料到人类必定憎恨你们。从这儿瞭望前景吧，然后大家提出自己想要的地盘。这儿是宏伟的邸宅，奢华而且漂亮；那儿是农民的茅屋。这儿是又宽敞又舒适，好到极点；那儿是又窄又挤，又苦又穷。”

“我决不要茅屋，”蜘蛛说。

“至于我，我可不愿意到宫殿里去惹麻烦哩，”痛风说，“让它们归我哥哥吧。我要乡下房子，附近永远没有药剂师的！不然的话，整天又是医生又是药的，我就休想有什么相宜的人家可以待下去了。”

延伸思考

【语言描写】痛风大义凛然的把豪宅让给了哥哥，自己选择了乡下，因为那里是安宁的。

“同意！”

于是蜘蛛和痛风一起出发，去见识世界了。

在华丽之至的房间里，蜘蛛量好了它的疆界，它在雕满花纹的衣橱上做起网来，再不然，就沿着镀金的飞檐布满纠缠不清的蛛丝，希望借此逮住成千的苍蝇。可是就在大清早（它的工作刚开了个头），仆人拿着刷子把蛛网刷掉了。蜘蛛挺有耐心，它又在火炉周围织着蛛网——扫帚又把它扫掉了。可怜的蜘蛛，它不晓得上哪儿去才好，不管它把网张在哪儿，羽毛帚拂它，笤帚不倦地拨它，凡是它结的网统统都掉下来了，——有时候连它自己也掉下来了，脑袋也几乎被摔破。蜘蛛大失所望，跳起身来离开了城市。

延伸思考

【动作描写】蜘蛛虽然得到了豪宅，却无立足之地，因为那里的仆人时时把他扫地出门。

“我到我妹妹那儿去看看。”它说，“她在那儿，料想日子过得像皇后一样。”

蜘蛛找到了痛风在乡村的家，可是痛风的境况比世上任何一只蜘蛛都不幸。痛风在什么时候发作，主人就在什么时候去割草！他带着痛风去斫柴，带着痛风去担水。大家知道，穷人有一句格言：把痛风折磨得愈厉害，就能把这恶棍赶跑得愈快。

“不行，哥哥，”痛风说，“我过不了乡村生活！”

蜘蛛并不责备痛风，它立刻当场和痛风调换了地盘。蜘蛛爬进庄稼汉的大门，在那儿建立起它的家庭，从此不必担心刷子和笤帚。它把蜘蛛网结满了天花板、墙壁和房间里的几个角落。痛风和乡村告别，赶紧去找寻它的理想。它来到京城，在高大的邸宅里，它扭住了一位白发苍苍的大人物的小腿。如今痛风是在天堂里了，老人可从此不得安逸，靠在柔软的靠枕上，翻来覆去地折腾。

从此以后，这一对快乐的兄妹彼此没有见过面。痛风妹妹和蜘蛛哥哥对于自己的命运都是心满意足。蜘蛛在乱七八糟的茅房里过着头等的好日子，痛风看中了有钱和有势的主人们，这说明了它们两个已经长进了不少见识。

延伸思考

【语言描写】蜘蛛和痛风重新选择了自己的处所，所以他们都过着快乐无忧的日子，所以人们无论干什么都要选对自己的环境。

名家点评

蜘蛛和痛风开始了自己的新生活，蜘蛛住在豪宅，痛风住在乡下。可他们都不好过，后来他们调换了环境，这样才各自过着舒适安逸的生活。

拓展训练

1. 蜘蛛最初的住所在哪儿？
2. 痛风选择了哪儿？
3. 为什么他们各自都不能如愿？

不自量力的乌鸦

名家导读

做事前先要考虑自己的能力，不要自不量力，反丢了性命。小乌鸦就是一只骄傲的乌鸦。

一只雄鹰从天而降，袭击羊群，抓走了一只羔羊。

近旁有只乌鸦全看在了眼里，这场面引得他跃跃欲试。不过乌鸦这么思量：既然要抓，就要抓大的，否则不值得把爪子弄脏。看起来有时鹰也不是很厉害，难道羊群里全是小羊吗？要是我，就直扑下去，抓一只真正的肥羊！

延伸思考

【语言描写】一只好高骛远的小乌鸦，做事情不切合实际，只想得到更多更好的，可自己有那个能力吗？

于是乌鸦飞临羊群上空，用贪婪的目光扫视羊群，在无数的小羊、母羊和公羊中观察、比较，终于选中了一头公羊，一头只有壮实的狼才对付得了的最肥、最大的公羊。

乌鸦摆好架势俯冲下去，使出全部力气死死抓住公羊的长毛。此时乌鸦才明白，这头公羊他实在对付不了。更糟糕的是，公羊的毛乱蓬蓬、密匝匝，结成了无数的疙瘩，竟使这位异想天开的乌鸦无法把爪子拔出来。

结果乌鸦的雄心没有实现，自己反成了俘虏。牧羊人慢条斯理地解开了缠住乌鸦的羊毛，为了不让他飞走，还剪去了他的翅膀，最后送给孩子们玩耍。

这故事是说，人世间总有一些小滑头喜欢学大骗子，殊不知，江洋大盗往往能逃之夭夭，而小偷却常常挨揍。

延伸思考

【语言描写】小乌鸦没有捉到肥羊，自己犯被俘虏了，真是偷鸡不成蚀把米，小乌鸦的考虑太不周到了。

名家点评

小乌鸦看到老鹰捉了一只小羊，它很蔑视，它要捉一只大的肥羊，可是它不估量自己的能力，最后，却被牧羊人抓住，剪了翅膀，成了玩物。

拓展训练

1. 老鹰捉了一只什么样的羊？
2. 小乌鸦有什么想法？
3. 结果如何？

小猫和椋鸟

名家导读

一些昧良心的人，在做坏事的时候，自己往往遭到报应。看看小猫和椋鸟吧。椋鸟就遭到了同样的报应。

椋鸟和小猫住在同一户人家，彼此结下了深厚的友谊。椋鸟虽然不善于唱歌，但在哲学研究上却很有造诣。小猫虽然块头很大，但性情平和温顺，举止彬彬有礼。两个朋友相处得非常融洽。

有一天，不知道为什么主人没给猫喂食，饥饿折磨着可怜的小猫，他不住地哀鸣着，一面温顺地摇着尾巴，一面郁闷地在屋里踱来踱去。

延伸思考

【动作描写】小猫被饥饿所折磨，它不知道为什么主人不给它喂食，所以又难受又郁闷。

这时哲学家看到了这一切，便教导他说："我亲爱的朋友，你太老实了，竟然心甘情愿地节食不吃东西。你鼻尖上的笼子里就关着一只金翅雀，我看你简直是一只愚蠢的小猫咪，真是太傻了。"

小猫喵喵叫道："可是良心告诉我不可以这么做啊！"

"你怎么这样不懂世事！请相信，所谓良心的言论完全就是一派胡言。它只是心灵脆弱者的偏见，而对大智大慧者来说不过是无聊的戏语！这个世界上谁有权势谁便能为所欲为，我可以给你举出许多证明和实例。”

椋鸟立即根据自己的见闻旁征博引，把他的哲学观点阐述得极为透彻。饿着肚子的小猫对这套哲学十分欣赏，立刻把金翅雀从鸟笼里抓出来吞进肚里，津津有味地吃起来。

但这一点儿食物不仅填不饱小猫的肚子，反而引起了他更大的食欲。当他大有收获地听完第二节课后，便对椋鸟说：“亲爱的朋友，谢谢你！你的教导使我懂得了生活的哲理，大大增长了我的学问。”说完便抓破鸟笼，把老师也吞了下去。

延伸思考

【语言动作描写】小猫从惊鸟那里，获得了常识，它为了填饱肚子，不得不在老师身上尝试起来。

名家点评

小猫和椋鸟是老朋友，一次主人忘记给小猫喂食，小猫饥饿难耐，这时，椋鸟教导它，吃掉头上的金翅雀。小猫照办了，可这并不能解决它的饥饿问题，它只好吃掉了老师。

拓展训练

1. 小猫和谁是好朋友？
2. 小猫问什么饥饿难耐？
3. 惊鸟是怎样教导小猫的？

命运女神和乞丐

名家导读

人们往往因为贪心而受害，贪心越大，伤害越大。看看这个乞丐吧，他贪得无厌，结果一无所获。

一个乞丐，背着打满补丁的破烂的褡裢袋，拖着疲乏的步子，走过一幢房子。乞丐抬头打量了一下，他一面嘲笑自己的贫困，一面禁不住诧异：那些人能够称心如意地建造华丽的家宅，生活又说不尽的富裕、奢侈、舒服，然而无论钱袋装得多满，他们总没有个觉得足够的时候。

“的确，这也是常有的事，他们穷奢极侈，老是要想发财，弄到后来，却发现必须和他们的财富分手！

“譬如说吧，这所宅子多年的主人，他经营着一帆风顺的买卖，生意一天天地发达。他不肯适可而止，不肯无忧无虑地终其天年，却把他的买卖清空了，在春天把大量的金银投资在大量华丽的海船上。他希望赚到成堆成堆的金子——结果呢，他的船沉到海底里去了，船上所载的金钱宝贝都被大海吞没了。如今船沉在海底里了，他的一切发财的梦想都落了空。

延伸思考

【语言描写】人不可有太大的贪念，适可而止，知足常乐，否则就会带来灾难，就像有些生意人，不知满足，结果人财两空。

"另外一个人，他做起期货来了。起初，看上去可以赚到百万金元，他却想多赚一倍（他实在唯利是图），他是那么胆大妄为，所以不久就去吃官司了。

"总而言之，落得这样下场的人，何止千万，这些混账东西呀，活该！"

且慢，乞丐。你瞧，命运女神，出人意料地站在你的面前了，她温和地恳切地跟你说话哩。

"朋友，我早已想过，我要帮助你。我搜集了一大堆金元，打开你的褡裢袋吧！你瞧！我要把它装得满满的。不过，我的恩赐有一个限度：每个金元，倒进去时都是纯金足赤，可是如果你的袋子盛不下时，金元一掉到地上就会变成废物。记住，我可预先警告过你了。我奉命严格遵守这个条件，你的袋子是破旧的——别塞得太满了！能盛得下多少就装多少，一定不能多装！"

听到这消息，乞丐惊喜得气都透不过来了，他几乎觉得飘飘然了。乞丐把袋子打开得大大的，于是，闪闪发光的金元，就像雨一般慷慨地流进袋子。袋子比以前加倍的重了。

"够了吗？"

"啊，不！还不够！"

"袋子快塞破了！"

"不要紧！"

"现在你跟克莱塞斯[①]一样得有钱了！"

"请，请，再给一点儿，给一把！还有地方好装呢！"

延伸思考

【语言描写】命运女神的恩赐是有条件的，乞丐的袋子要能接得住金元，否则就会变成废物，一无所用。

延伸思考

【神态描写】乞丐高兴极了，他兴奋至极，自己从没见过这么多钱，他高兴的几乎忘乎所以了。

① 克莱塞斯，小亚细亚古国里地亚国王，以有钱闻名。

“不能再装了！你的袋子要胀破了！你看不见吗？”

“稍微再给一点儿！”

可是瞧吧！袋子裂了！他的金元滚出来了，在地上消失了。命运女神走了！他只剩下他的褡裢袋——别的什么也没有了！跟先前一样，乞丐仍旧是个乞丐了。

延伸思考

【语言描写】女神的诺言实现了，贪婪的乞丐，最后一无所获，因为他太贪心了，以至于袋子撑破了。

名家点评

一个乞丐很羡慕富贵人的生活，于是命运女神决定改变他的命运，给他金元。但乞丐太贪心了，袋子撑破了还要，最后又变得一无所有了。

拓展训练

1. 富贵人的生活是怎样的？

2. 乞丐感叹什么？

3. 命运女神帮助他了吗？

小鳊鱼的灾难

名家导读

不要把危险当儿戏，常和危险打交道，就会遇上灾难的，所以要远离危险。小鳊鱼就是这样的。

水族的克星渔翁在河岸有一个钓鱼点，而陡峭河岸下的水里就是一只小鳊鱼的家。

小鳊鱼又机灵又狡黠，而且天生胆大，她总是像陀螺似的绕着渔翁的钓钩打转，并常常使得渔翁埋怨自己的运气不好。

延伸思考

【动作描写】通过小鳊鱼的动作可以看出小鳊鱼聪明机灵，它不会上渔夫的鱼钩，使得渔夫唉声叹气。

渔翁扔下钓钩后目不转睛地看着浮子，满怀希望地等着鱼儿上钩。“瞧，上钩了！”他想，心怦怦跳，可当他抬起鱼竿却只看到一个空钩子在上面。狡猾的小鳊鱼仿佛在嘲笑渔翁，她叼起诱饵就跑，轻易地就把钓鱼人欺骗了。

另一条鳊鱼劝她：“听我说，小妹妹，你这样做实在是太危险了！难道水里的地方还小么，你怎么总是围着钓钩打转？我天天为你提心吊胆的，担心你很快就会同我们这条河永别。要知道你越是接近钓钩，便越是接近灾难。今天你平安无事，可谁能保证明天？”

可是糊涂的小鳊鱼根本听不进这一忠言。她满不在乎地回答："你要知道，我又不是近视眼！不必害怕钓鱼人的狡猾伎俩，我早已把这些伎俩看穿了。你瞧，扔下来一个钓钩，又一个钓钩！亲爱的，你瞧着，瞧我怎样哄骗这些狡猾的家伙！"

小鳊鱼说罢，箭似的朝钓钩冲去，叼走了一个诱饵又一个诱饵，但在叼第三个时却被钩住了，终于遭到了可怕的灾难！

可怜的家伙这时才明白：从一开始就应当避开危险。

延伸思考

【语言描写】小鳊鱼在一次次欺骗渔夫的时候，自己也在向灾难走近，终于它被鱼钩勾住了。

名家点评

聪明机灵的小鳊鱼常常戏耍渔夫，但这是在戏耍危险，常与危险在一起，自己终究会遇上灾难的。

拓展训练

1. 小鳊鱼机灵吗？
2. 渔夫为什么唉生叹气？
3. 小鳊鱼最后如何？

狐狸建筑师

名家导读

挑选人才要看清他的目的和动机，有些人在做事时动机不良，就像文中的狐狸一样，结果会受到很大损失。

一头狮子非常喜欢养鸡，但岔子经常发生因为没有鸡舍，有的鸡被偷掉了，有的鸡失踪了。

为了免除烦恼和补救损失，狮子开始设计一间漂亮的新鸡棚：插销和门闩关得严严的，叫窃贼们望而却步；里面宽宽敞敞，走动方便，凡是鸡所能要求的安乐舒适，统统齐全。

狮子听说狐狸是一位技术高明的建筑师，所以就请狐狸来建筑鸡棚。

狐狸全心全意地开工建造，它毫不含糊地贡献出它最大的热忱、最大的本领。工程完成了，看起来真是美轮美奂，设备齐全，一切都设想周到。到处都是精美的歇脚的地方，还有华丽的防寒避暑的小棚子，以及母鸡孵蛋的最舒服的角落。

表扬和光荣归于狐狸，当天它就得到一大笔奖金。狮

延伸思考

【动作描写】狐狸全心全意为大王服务，它有它的目的，而他现在只是表现出自己对大王的尽职尽责。

子马上下命令：赶紧让鸡群迁入新居。

如今，毫无疑问的，鸡住在那里十分安全吧？不！建筑看上去倒挺好，栅栏高高的，接榫紧紧的，然而鸡却一天比一天减少了。毛病出在哪里呢？大家都搞得糊里糊涂。于是狮子派了岗哨，逮住了窃贼——你知道是谁吗？就是那可恶的狐狸！

虽然那鸡棚的确各方面都很坚固，谁也休想进得去，可是狐狸却做了一个只有它找得着的拉门。

延伸思考

【语言描写】狐狸利用职务之便，为自己以后的偷鸡行为，留了后门，所以完美的鸡舍是有机关的。

名家点评

狮子大王想要建鸡舍，让狐狸设计并施工，狐狸趁此机会，为自己以后留下后路，所以鸡舍建好后，鸡们一只只少去，原来狐狸是真凶。

拓展训练

1. 狮子大王要搞什么建筑？

2，他要请谁设计并施工？

3. 为什么鸡会少去？

菜农和有学问的人

名家导读

做事既要懂学问，还要去实践，不要只是纸上谈兵，那样是不会有收获的。菜农和有学问的人讲的就是这样一个故事。

春天来了，菜农在自家的菜园里翻地。菜农是一个勤劳的庄稼汉，身强力大并且充满朝气，仿佛有什么宝物埋在地里一样，他干得非常卖力。光是种黄瓜的地，他就挖了五十来畦。

菜农的隔壁院子里住着一个有学问的人，他是园艺爱好者，但却只会根据书本知识空谈园艺。他心血来潮，也想种一些黄瓜。

于是有学问的人嘲笑菜农说："邻居，别看你干得汗流浃背，等着瞧，我种的东西会远远超过你。同我的菜园相比，你的菜园将会是一片荒地。老实说，我很奇怪，你的菜种得马马虎虎，怎么还没有破产，你好像从未念过什么书吧？"

延伸思考

【语言描写】有学问菜农是比不上他的的人很看不起菜农，他认为自己有学问，可以中出更好的菜，。

菜农回答说："我没有工夫念书，勤劳、熟练和两只手

延伸思考

【语言描写】有学问的人对菜农的话很不服气，他认为菜农是无知的，他不懂科学，是不会种出好菜的。

延伸思考

【语言描写】有学问的人只会纸上谈兵，他不懂实践，只在书上查呀查，结果耽误了种菜的时间。

就是我的全部学问，靠它们我就能活下去。”

有学问的人立即斥责他：“无知的人啊，你竟然敢反对科学！”

菜农不慌不忙地回答道：“不，先生，请别歪曲我的话，难道现在不应该种地吗？我好歹已经种下了一些东西，可您连地也没翻出一畦。”

“是的，我没有翻，我一直在查书，想弄清翻地到底用什么工具最好。时间来得及。”

“对您来说也许如此，但是我的时间可不富裕。”说罢，菜农拿起铁锨，告别了邻居，继续干活。

有学问的人就这样一直查书、做笔记，好不容易种下一点儿黄瓜，哪知种子刚发芽，他又从书上看到了新的方法和模式，于是又重新翻地、下种。

结果怎样呢？菜农得到了大丰收，如愿以偿地赚了不少钱；而那位有学问的人却连一根黄瓜也没有种出来。

名家点评

菜农是一个没知识的人，但他有经验，而有学问的人，虽然有知识却不懂得实践，所以耽误了最好的种植时间，一无所获，而菜农则大获丰收。

拓展训练

1. 菜农在翻地的时候有学问的人在干什么？

2. 为什么有学问的人耽误了种菜的最佳时机？

3. 最后怎样？

杜鹃和斑鸠

名家导读

孩子要自己养大，否则他不会热爱自己，因为你没有对他付出什么。有一只杜鹃就是这样，她投机取巧，把孩子生在别人的窝里，孩子又怎么会关心你呢？

杜鹃老是在树枝上苦苦地哀泣。

“啊，朋友，你一直在哭，哭得多么悲伤！”一只软心肠的斑鸠柔和地低声说道，“春天逝去了，爱情也逝去了，天空的太阳低得多了，冬天的冰霜快要来了——是这些个使你那么悲伤吗？”

“我怎么能愉快起来呢？”杜鹃答道，“我把我的苦处跟你说说吧！今年春天，我恋爱了——我的爱情也是幸福的，不久，我就生了小杜鹃。然而我的孩子们却一点儿也不关心我。唉，难道这就是我所设想的孩子们对我的感激之情吗？小鸭子们团团围住母鸭；母鸡一声叫唤就引来一连串小鸡，这怎么不令人羡慕？而我呢，孤零零地没有人关心，不知道孩子们热爱母亲是什么滋味，我只得坐下来哭泣。”

“可怜的鸟儿，真叫人伤心呀！我真心诚意地同情

延伸思考

【语言描写】描写了杜鹃的伤感和悲哀，原来是她自己的孩子不关心她，所以她感动孤独和悲哀。

你。如果我的孩子这样对待我，我想我真要气死的，不过我的孩子倒对我挺好。当然喽，想必是现在你已经教会了它们飞行的缘故吧。可是，你什么时候有工夫筑巢呢？我得承认，我从来没有看到你筑过巢呢？我老是看见你在飞来飞去！”

“浪费一整天去孵我自己生的蛋，那可真是无聊透顶了，我总是把蛋生在邻居的巢里就算了。”

“那你还指望受到孩子们的热爱与安慰？”除了这一句之外，斑鸠就不跟杜鹃再说什么话了。

身为父母的人们，你们也应当由此吸取教训。我讲这个故事，并不是要为孩子们辩护，让父母们得不到热爱与尊敬，这的确是罪孽。然而，如果孩子们逐渐长大的时候，做父母的不加爱护，只是交给漠不关心的雇佣来的外人看管，老年时得不到安慰，那就应该归咎于自己了。

延伸思考

【语言描写】原来杜鹃从不自己筑巢，而是把自己的卵产在别人的窝里，自己坐享其成，这就是为什么她的孩子不关心她的缘故了。

名家点评

杜鹃很悲哀，因为她的孩子不关心她，斑鸠为她找原因安慰她，可是听说他自己不养孩子，而是原来孩子不爱她的原因在这寄存在别人那儿，斑鸠就不再说什么了，原来孩子不爱她的原因在这儿。

拓展训练

1. 杜鹃为什么悲哀？

2. 斑鸠安慰她了吗？

3. 孩子不爱杜鹃的原因是什么？

梳子

名家导读

美好的事物随着自己心情的变化而变得不再美好，并不是事物变了。就像文中的梳子一样，它还是它，只是男孩子在变。

为了梳好美丽的小宝宝的蓬蓬松松的头发，妈妈买回来一把漂亮的新梳子。孩子觉得它像个玩具，却从没有把它当作玩具。无论是在游戏或读书的时候，他总是拿它来梳他的金黄色的头发。头发光滑鬈曲像羔羊的羊毛，柔软漂亮像顶好的亚麻，他梳呀梳的，仿佛永远不能住手。而且是怎么样的梳子呀！它绝不抓伤头皮，不黏也不扎，那么滑溜溜地梳理着头发。他以为他的梳子是天下最好的和最珍贵的梳子。

延伸思考

【事物描写】描写了一把好梳子，这把梳子梳在头上舒服不抓伤头皮，又能按摩，描写了梳子的各种好处。

那一天，孩子玩得兴高采烈竟把梳子丢了。他的头发蓬乱得一塌糊涂，保姆想替他把头发弄弄整齐时，他用足全身力气哗啦哗啦的大叫："我的梳子哪儿去了？哪儿去了？"

最后，又把梳子找到了。但是现在要拿它来梳理头发可怎么也不成了，拉拉扯扯的把他弄哭了。

“你这个讨厌的可恶的梳子，”这个顽皮的孩子嚷道。该埋怨你自己蓬乱的头发呀。”

延伸思考

【语言动作描写】描写了这次使用梳子特别不舒服，还把他弄疼了，实际上是他的头发在作怪。

可是愤怒的孩子，还是骂个不停，把他的梳子扔到河里去了，现在这把梳子归水妖们使用了。

就我一生所见到的来说，我们也是这样对待真理的。如果良心上洁白无瑕，那么，真理是我们所需要的，真理是我们所敬重的，我们听信真理，也按照真理办事。可是一旦良心变得不清不白，那就跟这孩子蓬乱的头发一模一样，因为少不得要扎痛、碰痛，便不愿用梳子来梳理了，真理也就不必大着胆子走进来了。

名家点评

一个孩子用一把梳子梳理自己的头发啊，很舒服，他有好多种好处。可有一次他把梳子弄丢了，他的头发变得蓬乱不堪，再用梳子梳理已经很难梳理了，所以孩子认为是梳子变了。

拓展训练

1. 梳子有什么好处？

2. 男孩子为什么对它爱不释手？

3. 可后来怎么梳子却不好使了呢？

猫的真相

名家导读

亲戚有本领并不代表自己有本领，不要借着亲戚的威风来显摆自己。文中的猫儿就是这样，可你又有什么本领呢？

猫听说虎和豹都属于猫的家族，顿时变得得意忘形。他心想：我有这么厉害的亲戚，这次我要好好显显威风了。于是，猫神气地跳到驴的背上。

驴子惊问："你这是要干什么呀？"

"现在我要你听我的命令，驮我到我想去的地方，你知道我的亲戚都是谁吗？"

"谁是你的亲戚？"驴子想知道是谁让他这么威风。

"是谁？说出来别吓坏你，是——老虎和豹子，这可是千真万确的，你如果不信的话，可以去问乌鸦。"

驴子去问乌鸦，果然乌鸦肯定了猫的说法。

这下，猫就更加得意了，他抓住驴的鬃毛高叫道："驮我走！"

"到哪里去？"驴子问道，"是到老虎那里，还是到豹

延伸思考

【心理描写】描写了猫想借着老虎和豹子来提高自己的地位，所以它要在别的动物面前显摆自己。

子那里？”

“哦……这……不，不！你把我驮到……还是把我驮到老鼠那里去吧！”

于是，驴子把猫驮到老鼠住的地方去了。

这故事是说，一个人的亲人朋友有本事，并不代表这个人就有本事。

延伸思考

【语言描写】通过猫的断断续续的语言，说明它还是很害怕老虎和豹子的。

名家点评

猫儿听说老虎和豹子是自己的亲戚，所有想借着他们的威风来显示自己，可他又不敢见他们，他害怕它们吃掉它。

拓展训练

1. 猫儿和谁是亲戚？

2. 猫儿为什么不去见老虎和豹子？

3. 这个故事说明什么道理？

熊的宴会

名家导读

有些人为了得到更多的好处，不惜奉承拍马屁，狡猾的狐狸就是这样，为了得到熊的好处，只好昧着良心说话。

熊准备大宴宾客，但它并没有一一邀请它所能找得到的熊，却请了左邻右舍的其他的野兽。——它看到谁就请谁，想到谁就请谁。

我只知道这个宴会是为熊庆祝的，至于庆祝什么，是生日、命名日，还是家庆，那就不得而知了。客人们大吃大喝，尽享美味。他们称赞道："多好的菜！好多的点心！啊，好多的酒哪！"

熊清楚地看到客人们皆大欢喜，它就撒起野来了：它兴高采烈地招待它的朋友，用各种花样敬酒，歌唱酒醉饭饱之后的小调……后来，当狗把餐桌一扫而光的时候，它就拚命地跳起舞来了。

狐狸拍着手，说道："啊，亲爱的熊，多么优美！你跳得多么伶俐！多么漂亮、轻捷、风趣呀！"

延伸思考

【语言描写】熊大宴宾客，他不知道以什么名目请客，也不知道请谁，只知道见到谁就请谁，反正是为了高兴。

狼挨着狐狸坐在餐桌旁边，它凑在狐狸的耳朵边低声说道："天哪，你简直是在胡说八道！这乱七八糟的一切，你居然大加夸赞？有什么高明的地方呢？它跳起舞来像个蠢货。"

狐狸说道："你自己才胡说八道呢，你这个可笑的蠢材。哦，难道你不明白吗？我因为它请了客才称赞他的跳舞哪。如果我能够赞得它自得其乐，谁知道呢？说不定它会请我们大家留下吃晚饭的。"

延伸思考

【语言描写】狐狸的一番话，说明了狐狸的狡猾，狐狸只是奉承熊，只是为了让他高兴，来得到更多的好处。

名家点评

熊大宴客人，但他不知道为什么请客，知道高兴就请，他在宴会期间高兴地跳起了舞，狐狸大加赞美，只是为了得到更多好处。

拓展训练

1. 熊为什么宴请大家？

2. 熊的舞蹈好看吗？

3. 狐狸为什么赞美他？

小石斑鱼

名家导读

每一个寓言故事都蕴涵着深厚的寓意，小石斑鱼就是这样，小石斑鱼自作聪明，常处于危险之地，终于自寻烦恼了，被鱼钩勾住了。

我根本不是什么预言家，然而当我看见飞蛾绕着火焰飞舞的时候，我总是认为，我的预言是不会相差太远的：飞蛾快要在这场游戏中自讨苦吃了。朋友，这对于你们也是个教训！因为大家都会得到同样的结论——不论是成人或是小孩，谁也不能否认。

延伸思考

【语言描写】作者看到飞蛾扑向火焰的时候，就能预言灾难快要来了。飞蛾快要自讨苦吃了。

你问我，我的寓言就是那么点儿吗？且慢！这不过是个引子，正文还在后面哩。这不过是我所想到的寓意而已。

啊！我现在从你们的眼神上，发现你们又抱有新的成见了。起初，嫌寓言太短了；现在呢，如果我没有猜错，又怕它太长了。得了，亲爱的朋友，又有什么办法呢？耐心点儿吧！我自己也生怕太长了！然而我又能有什么办法呢？秋天的雨淅淅沥沥地下个不停，老人们是时常喜欢谈谈说说的。如果你们不嫌弃我，抓住我的故事的线索，听我讲下去吧！

我听得人家说，为了使我们的过失显得微不足道，我们就说："这又何妨？不过是个笑话罢了！"然而，起初原是个笑话，后来却逐渐造成你的堕落，它变成一种习惯，最后也变成一种欲望——一种用很大的力量怂恿你犯罪作恶的欲望，它弄得你永远不由自主。为了更加明白地说明自命不凡造成怎样悲惨的结果，让我把我所知道的一个故事献给你们。这一次，寓言真的会从我的笔端自动地流露出来了，如果你们由此吸取教训，倒是很有好处的。

延伸思考

【语言描写】作者的寓言故事有着深刻的意义，他能让读者明白深刻的道理，教育其走向正路，是很有好处的。

在一条小河的旁边（小河的名字我忘记了），渔夫们，那些水乡的恶棍们，安下了天罗地网。在岸滩的旁边，常常有一尾活泼的小石斑鱼，从阴暗的河床里直蹿起来，它机灵狡猾，生性胆大，就像个陀螺似的绕着钓钩转来转去，它的行为激得渔夫破口大骂。渔夫耐心地等候着鱼儿上钩：他抛出钓丝，紧紧盯着浮标。"这回我可把你逮住了，"他想的心直跳。他倏地拉起钓丝——钓丝上有什么呢？一个被吃掉了虫子的钓钩！这个什么都来得的、叫人上当的石斑鱼，仿佛在讥笑着渔夫哩。它把食饵吃了，赶紧溜到河底下去了。留下斗不过它的渔夫在岸上踌躇不安。

"你听我说，"石斑鱼的哥哥游近来大声说道，"亲爱的妹妹，你快惹出麻烦来了。你整天绕着钓钩转，难道我们这儿狭窄得没有地方可去吗？我担心我们快要失去你了，如果我没有估计错的话。你愈接近钓钩，也就愈接近自己的末日！今天你的把戏成功了，可是明天谁能保证呢？"

延伸思考

【语言描写】鱼哥哥很担心小石斑鱼，她总是围着鱼钩转来转去，迟早会遇到麻烦的。

然而，这挺有道理的话，自以为是的小石斑鱼都没有听进去。

“得了，得了，”我们的小石斑鱼答道，“我自己明白！我知道这渔夫们的把戏，所以你也不必为我担忧！他们的诡计我看得明明白白。啊！一个漂亮的钓钩！那儿，又抛下了一个钓钩！天哪，钓钩愈来愈多了！你仔细瞧着！我的小哥哥！我一定要搞得那‘聪明’的蠢材昏头昏脑！”

小石斑鱼像颗子弹似的，笔直地向钓钩冲过去。第一个和第二个钓钩，都被它把食饵剥下来吃掉了——第三个钓钩，却钩住了它的咽喉。咳，这可倒了霉了。可怜的石斑鱼，它终于得到了教训：最好是在危险初次逼近的时候就躲得远远的。

延伸思考

【语言描写】点明全文，在危险初次逼近时就躲得远远地，小石斑鱼没有听取大家的告诫，终于被渔夫的鱼钩钓走了。

名家点评

小石斑鱼很聪明伶俐，它绕着鱼钩转来转去，摘取鱼钩上的鱼饵，它得手了几次，可这毕竟是危险之地，常处于危险之地，终于被鱼钩勾住了。

拓展训练

1. 小石斑鱼聪明吗？

2. 它为什么不听哥哥的劝告？

3. 结果小石斑鱼怎样了？